赵焰文集卷二：散文随笔精编
桃红梨白菜花黄

TAOHONG LIBAI
CAIHUAHUANG

赵　焰◎著　｜　桃红梨白菜花黄

TAOHONG LIBAI
CAIHUAHUANG

时代出版传媒股份有限公司
安徽文艺出版社

图书在版编目（CIP）数据

桃红梨白菜花黄/赵焰著.—合肥：安徽文艺出版社，2018.7
（赵焰文集.卷二.散文随笔精编）
ISBN 978-7-5396-5036-4

Ⅰ．①桃… Ⅱ．①赵… Ⅲ．①散文集－中国－当代
Ⅳ．①I267

中国版本图书馆 CIP 数据核字(2018)第 051526 号

出 版 人：朱寒冬	策　　划：朱寒冬
特邀编辑：温　溪	统　　筹：张妍妍
责任编辑：宋晓津　柯　谐	装帧设计：张诚鑫

出版发行：时代出版传媒股份有限公司　www.press-mart.com
　　　　　安徽文艺出版社　www.awpub.com
地　　址：合肥市翡翠路 1118 号　邮政编码：230071
营 销 部：(0551)63533889
印　　制：安徽新华印刷股份有限公司　(0551)65859551

开本：880×1230　1/32　印张：9.75　字数：200 千字
版次：2018 年 7 月第 1 版　2018 年 7 月第 1 次印刷
定价：30.00 元(精装)

（如发现印装质量问题，影响阅读，请与出版社联系调换）

版权所有，侵权必究

总　序

　　一直以为自己是一个性情浮躁之人,定力较弱,喜新厌旧。自己的写作也是,虽然笔耕不辍,不过文字却五花八门、难成系统,既涉及徽州,也涉及晚清、民国历史;有散文、传记,也有长篇小说、中短篇小说、中国文化随笔什么的。文字全是信马由缰,兴趣所致,写得快活和欢乐,却没想到如何深入,更不考虑流芳人间什么的。回头看自己的写作之路,就像一只笨手笨脚的狗熊一路掰着玉米,掰了就咬,咬了就扔,散了一地。

　　写作幸运之事,是难逃时代的烙印:文明古国数十年,相当于西方历史数百年——我们的少年,尚在农耕时代;青年时代,千年未遇的社会转型光怪陆离;中年之后,电子信息时代五光十色……童年时,我们只有小人书相伴;中年后,手机在手,应有尽有。少年时,我们赤着脚在田埂上滚着铁环;中年后,我们在高速公路上开起了汽车。少年时,喜爱的姑娘浓眉大眼大圆脸;中年后,美人变成了小脸尖下巴……世界变化如此之快,除了惊奇、欣喜,就是无所适从。

人生一世,各种酸甜苦辣麻缠身。写作呢,就是一个人挤出来的茶歇,泡上一杯好茶,呷上一口,放空自己,不去想一些烦心事。现在看来,这样的活法,使我的内心丰富而坚强,虽然不能"治国、平天下",却可以"正心、诚意、修身、齐家"。我经常戏言:哪里是勤奋,只是做不了大事,也是把别人打牌喝酒的时间,拿去在纸上胡涂乱抹罢了。这话一半是戏谑,一半也是大实话。世界如此精彩,风光各有人在,有得就有失,有失就有得。不是谁都有机会成为弄潮儿的,做不了传奇,做一个时代的观察者和记录者,或者做一个历史深海的潜水员,都是一件很好的事情。

一路前行中,也有好心人给我掌声,也为我喝彩——写徽州,有人说我是"坐天观井":坐中国文化的井,去观徽州文化的天;写晚清,有人说我将历史写作和新闻写作结合得恰到好处;写小说,有人说我是虚实结合,以人性的视角去觉察历史人物的内心……这都是高看我了。对这些话,我都听在耳里,记在心里,视为鼓励。我也不知道哪对哪,只是兴之所至,耽于梦幻罢了。写作人都是蜘蛛,吐了一辈子丝,网住的,只是自己;也是蚕,吐出的丝,是为自己筑一厢情愿的化蝶之梦。对于写作,常识告诉我,目的是为了自己的内心,不是发财,也不是成名,而是写出真正的好文字;要说真话,必须说实话——花言巧语不是写作,自欺欺人不是写作,装腔作势不是写作。真话不一定是真理,不过假话一定不是真理。在这个世界上,说真话和说实话并不容易,很多人不知道什么是真话,很多人不敢说真话。怎么办?借助于文字,直达心灵。灵魂深处的声音,肯定是真话。

自青年时代开始写作,写写停停,停停写写,不知不觉地,就到了知天命之年,不知不觉,也写了三十多本书了。庆幸的是,我的书一直有人在读,即使是十几年前写的书,还有不少人在读在转。想起张潮的一句话:少年读书,如隙中窥月;中年读书,如庭中望月;老年读书,如台上玩月。其实写作也一样:少年写作,充满期望;中年写作,惯性使然;老年写作,不得不写,因为已无事可做。的确是这样,天下没有不散的筵席,可以对话的人会越来越少。写作,是对自己的低语,也是对世界的呓语。

写作没有让我升官发财,却让我学到了很多,得到了很多,也明白了很多。我明白最基本的道理是"我思故我在",明白最高妙的境界是"无"。通过写作,我不再惧怕无聊,也不再惧怕"无"。我这样说,并不玄虚,是大实话,也是心里话。

感谢安徽文艺出版社,将我一路掰下的"玉米棒子"收集起来,出成文集。文集如家,能让流浪的文字和书籍,像游子般回归。不管它们是流浪狗、流浪猫也好,还是不记得路的鸽子、断了线的风筝也好,家都会善待它们,让它们排排坐、分果果,靠在大院的墙上晒太阳。晒着晒着,就成了葳蕤蓬勃的太阳花了。改一句张爱玲的话:人生,其实是一袭华美的锦袍,绣满太阳花,也爬了一些虱子。当人生的秋天来临的时候,晒着太阳,展示锦袍,也捉着虱子，应有一种阿Q般的美好。人活一世，本质上都得敝帚自珍，充满自怜和自恋的乐观主义精神，否则哪里活得下去呢？虽然文字和所有东西一样，终究是落花流水，不过能心存想念、心存安慰，又何尝不是一件美好的事情呢？

文集又如大门关上的声音，让人心存忐忑，仿佛身后有追兵，一路嗷嗷叫着举着刀剑砍来。面对此状，我更得如狗熊一样奔跑，得拼命向前，拼命跑到自己的最高点，然后像西西弗斯一样摔下来。

感谢缘分，感谢相关助缘之人，为我半生的写作，作一个总结和了断。这是一部秋天奏鸣曲，畅达之中，有平静的惬意和欢喜。

是为序。

2018年6月

本卷序

　　第二卷中的四本书,都是我忙里偷闲陆陆续续写成的。2000年冬天,工作变动,为了新闻理想,也为了荣誉和自尊,我一头扑到工作当中,度过了人生中最昏天黑地的几年。直到2003年,我抬起头来,四顾茫然,自觉还是应该写点什么,不能荒废了学习、思考。于是我在全国好几家报刊上同时开了两个专栏:一个专栏谈影碟,另一个专栏谈都市生活。一段时间下来,积累了好几十万字,先后推出了两本电影随笔集,也出了两本生活随笔集。这分别是此卷中《人性边缘的忧伤》和《桃红梨白菜花黄》的前世。

　　电影随笔最早的专栏名字,是"夜兰花"。写《夜兰花》的时候,有人给我电子邮箱发信,自我介绍是咖啡馆的美女老板,被《夜兰花》打动,约我夜深人静看电影。我窘得要死,也不敢回信,那几日看见陌生美女就脸红。我先写了一本《夜兰花》,又写了一本《蝶影抄》,两本都出版了,既是电影指南,又可以作为灵魂慰藉。我看电影,自以为有共鸣,有艺术感觉,有独特角度,能窥见真谛。后来,两本书合体,变成《巴黎的忧伤》,直至变成本卷中《人性边缘的忧伤》。

我喜欢现在这个书名,人性边缘,如梦如幻,存有莫名其妙的忧伤,摸不到,说不出,在身体里流浪、疼痛。艺术的使命之一,就是感知它,认识它,跟它悄然低语,再一起终老此生。

写专栏《浮生日记》,用的是笔名"木瓜"。虽然与《夜兰花》诞生于同一时段,在风格上却相差很大,写得洒脱,写得风流和幽默。我曾经跟朋友开玩笑说:《浮生日记》是写给男人看的,《夜兰花》是写给女人看的。从风格上看,的确如此:《浮生日记》写得随意幽默,有玩世不恭的精神;电影随笔呢,写得细致敏锐、伤痕累累、哀鸿遍野。

从风格上说,男人更喜欢深刻玩世的东西,女人更喜欢忧伤人性的东西。好的作家,应该"男女同体",还要具备孩童的天真、老人的智慧。我不喜欢恪守风格,希望能在更高的层次上,达到某种和谐。

人最好的状态,还是浮生,不拘于世,不泥于事。"浮生"一词,来自庄子的"浮游"思想。浮游在世,了然于胸,满眼所望,皆是"桃红梨白菜花黄",如戴了4D眼镜。

《风掠过淮河长江》,是我写江淮文化的散文合集。之前,我一共写了六七十万字的徽州题材散文,觉得还不够,又想去了解淮河文化。悄悄去了很多次淮河两岸,写了一本薄薄的《在淮河边上讲中国历史》,反响很不错,大概是因为写淮河的书较少。我又不满足,又想去写皖江题材的散文,结果写了十来篇后卡壳,没有成书。我把写江淮的那一部分,跟写淮河的糅在一起,成为这本《风掠过淮河长江》。

胡适说:我是安徽徽州人。我也是,是徽州人,也是安徽人。风像历史文化,浩荡而轻盈,从江淮大地掠过,也从每一个安徽人心中掠过。

2007年到2010年,我的全部业余时间,就是写作"晚清三部曲"(《晚清有个曾国藩》《晚清有个李鸿章》《晚清有个袁世凯》)。三本书后来在全国有一定反响,读者很多。写作期间,我读了大量历史书,做了很多笔记,《此生偏爱野狐禅》中的文章,有很多是我研究晚清民国历史的随笔。因为无功利,写起来淡定风趣,简雅好读。取名为"野狐禅",是我觉得,历史总是别有深意,今人与历史的关系,不在于追究历史是什么模样,而在于你用什么样的眼光去看待。

《此生偏爱野狐禅》也是有前世的,书装帧精美,曾是我最漂亮、最精美的一本册子。在这书的新版中,我又补充了十来篇文章,仍是文史随笔,仍是"野狐禅"。我不是专业作家,也不是专业历史研究者,我只是兴之所至,由心而发,我喜欢文字在纸上散步、滑翔、迷顿乃至眩晕的感觉。

过去的二十年,是我人生最好的时光。现在想起来,恍若隔世。整理这几部散文集,我依稀能从文字中,品咂和回忆往昔的滋味。文字是一个好东西,真庆幸得到冥冥神意,没有放弃,一直坚持下来——那些文字,密密麻麻地蹲伏在那里,字里行间,都是我的心迹、我的呼吸、我的气味。我回读它们,有时想起一些事,会哑然失笑,如雪过天霁,春暖花开。文字可以证明曾经的思想、飘浮的生命,让我收获稻草般的温暖。

2018 年 6 月

目录 MU LU

总　序 / 001
本卷序 / 005

人情就像猴子 / 001
北京的春天 / 006
美丽像花一样凋零 / 012
王朔一样的"痞子" / 018
自己哄自己玩 / 024
我的朋友胡适之 / 030
桃红梨白菜花黄 / 037
我嗅不到逍遥津的味道 / 042
对着黄山"洒狗血" / 047
文学变成肯德基 / 051
吃醋的感觉很美妙 / 057
雨中的外滩 / 063
面向大海　春暖花开 / 068
自古美人一条路 / 072
庄严是一种愚昧 / 078
帽子一戴嘴就歪 / 083

遍地都是武二郎 / 091

合肥人都是活雷锋 / 097

北京的秋天 / 102

男人四十就变鬼 / 106

整日无心整日闲 / 111

老余终于打官司 / 115

到处都是"娘娘腔" / 120

掉毛的凤凰不如鸡 / 127

桂林山水甲天下 / 134

不及武夷一片云 / 140

七十年代"摇头丸" / 146

一声叹息已春秋 / 155

你少跟我说激情 / 162

慌慌张张过大年 / 169

平生最怕无趣人 / 175

暧昧也是一种"禅" / 182

一不小心成"小资" / 187

坐着方知紫蓬好 / 194

真僧最言家常话 / 200

失恋就像患感冒 / 207

我想下辈子变成鸟 / 213

张家界顶有神仙 / 222

胡适也曾打过架 / 229

好书如同好女人 / 235

合肥是个文学学士 / 243

临安湖州流水账 / 249

走马观花美国行 / 257

好山好水好寂寞 / 274

推荐几本"妖怪"写的书 / 283

褒禅山·香泉谷·霸王庙 / 292

人情就像猴子

人是猿猴变成的

朋友A打来电话,在电话中又发了一通牢骚,云太忙;又云领导对他如何如何横挑鼻子竖挑眼什么的。我回答说,你这是自找的。朋友本在文联,职称二级作家,平日里总有一些不大不小的文章问世。正因为如此,被领导看中去当了秘书。领导找他谈话的时候,朋友一脸的兴奋,电话那头的声音都有点颤抖。不久,朋友真去了机关,鞍前马后地服务于领导,倒也尽心尽力。职称是没有了,被任命为一个副科级秘书。去本来是可以当正科的,但机关不能跳级提拔,便只好如此了。

放下电话,我想起了《袁中郎尺牍》上的一句话:"寂寞之时,既想热闹;喧嚣之场,亦思闲静。"人情大抵皆然。如猴子在树下,则思量树头果;及在树头,则又思量树下饭。往往复复,略无停刻，良亦苦矣。

人是由猿猴变的，猴的习性就是人的习性。猴进化了这么多年，好不容易变成人了，但这些习性仍是没有改变，反而有变本加厉的嫌疑。比较起猴子而言，喜欢热闹的人类似乎更怕寂寞。

读香艳故事

读《香艳小品精粹》，里面有一章专门摘录和尚偷情的故事。最有名的就是那个"老和尚告诉小和尚女人名叫老虎"的小笑话。中国古代有很多促狭和尚情事、偷情的笔记笑话。想这些笑话的产生，很大程度上与百姓尤其是文人的阴暗心理有关，有着"饱汉嘲笑饿汉饥"的嫌疑。

中国古代偷情的故事真不少。看来严酷的礼教还是很难抵挡人的本能。最有名的当属《西厢记》了，红娘"拉皮条"让崔莺莺和张生成就了"鱼水之欢"，因为结局是皆大欢喜，所以那段偷情也就成为经典。《红楼梦》里贾宝玉也是这样，宝玉与半推半就的袭人"初试云雨"，最后也是不了了之，谁也没有吃亏。当然，色胆包天的，要属《水浒传》中的西门庆，不仅偷人，而且还杀人，连"绿帽子"也不想让武大郎戴。

偷情是需要色胆的。关于这个，王朔有一番妙语，让人拍案叫绝。王朔说："年轻时有贼心无贼胆，等贼心和贼胆都有了，贼又没有，只好左手摸右手。"

其实深入想一想王朔的话并不对。现在这年头,只要有钱,不仅胆子壮了,贼也会蜂拥而上。

鲍鱼君天下

看有关鲍鱼的资料。在所有的大宴中,如果不是硬比新奇,鲍鱼可能是比较昂贵的一种海鲜了。所以当鲍鱼端上来的时候,也就意味着这桌饭已是够档次了。

很多人一直不理解为什么鲍鱼会那么珍贵,因为它吃起来是那样稀松平常,只是有着较好的韧劲和口感,如果硬要说它有多么好吃,那就有点勉为其难了。至少我是这样认为的。

但鲍鱼的确算是餐桌上的珍馐,名列海味"鲍参翅肚"之首。中国古代的宫廷还专门设有鲍鱼烹饪师,对鲍鱼的烹饪方法极为讲究:烧制不能太软也不能太硬,入口要软糯,齿颊要留香,这样的话一般都用炭火瓦煲,用小火煨制18个小时左右,然后配以鱼翅。这样做出来的鲍鱼浓而不腻,异常鲜美。另外鲍鱼扣刺参也是一道名菜。至于鲍鱼捞饭,对于贵人大员来说,基本上属于下脚料范畴的了。

我起先一直对鲍鱼没有一个直接的概念。有一天晚上没事,我坐在电视机前,正巧中央七台在介绍鲍鱼的养殖,我便津津有味地看起来。正是通过电视,我才真正地看清了鲍鱼:它是硬壳的,肉长在硬壳里面。鲍鱼肉的形状像什么呢?像极了女性的生殖器！

我恍然大悟，可能正是因为这个，鲍鱼才一下子身价大增。不仅中国，世界上很多餐饮习惯，都是将类似生殖器的东西或者生殖本身的东西当作"大补"的，比如补"阳刚"的牛鞭、胡萝卜、乌龟、甲鱼；滋"阴柔"的牡蛎、蜗牛、无花果等……而这些"相似"的东西也偏偏能起到奇效。我不知道是怎么回事。鲍鱼的身价想来是同理，这都是一脉相承的。就拿鲍鱼来说吧，现代医学也证明，鲍鱼的确有着极佳的"滋阴"作用，它可以明目、养阴、平肝火，医药作用真的非同小可。

这个世界上的很多道理，很多就是由"盲打莽撞"得来的，有时候甚至一点逻辑性都没有，完全就是毫无理由的判断。"神农尝百草"，靠的是什么？一部分是经验，另一部分则是完全的直觉。

名不副实

晚上下班总要经过一条不大不小的街，总能看到一间间发廊出奇地热闹。如今这世道也挺有趣，因一些事情不能正式定义，所以往往都在玩文字游戏：叫发廊的其实根本不理发，叫小姐的根本不是小姐，叫茶座的会连一张喝茶的桌子都没有，叫卡拉OK的根本没有话筒……

其实很多关于文字方面的东西是不能认真的。什么是市场经济？说白了就是什么都有的买，也什么都有的卖。有卖笑的、有卖唱的、卖肌肉的、卖文的、卖怪力乱神的、卖笑话的、卖情调的、卖雅痞的……只要有卖的，也就有买的；只要有买的，也就有卖的。

我有一个朋友在广州，是某名牌大学哲学系毕业的，原本在那里给人编杂志，嫌收入太低，后来干脆整天带着罗盘给人看风水，收入大增。前几日到我处来玩，我开玩笑让他也给我看看，他一脸怪样："我那点妖术，还敢糊你？！"

北京的春天

在段府

北京张自忠路上的老段祺瑞执政府是一个非常独特的所在,那里的建筑都是清末民初的,全是西洋式楼房,规模宏伟,气派非凡。现在这个大院里混杂着很多单位,有人民大学的图书馆,有中国青年出版社的一些机构,还有社科院的晚清研究所等。将晚清研究所设置到这个地方,真是可以直接感受到段合肥军政府的幽魂。

大院里有很多参天古树,傍着那些破旧而有岁月的洋楼,仍显得蓬勃。这个大院总给人一种卧虎藏龙的感觉,不是阴森森,也不是清静,而是威严,有一种不动声色的凛凛淫威。

我到这里是来看望朋友Z的。这是我第二次到这个地方了。Z带我重走了一遍大院。院子里有很多奇花异草,在一栋楼的拐角处,一树的紫花开得灿烂无比,Z告诉我那就是紫丁香,戴望舒曾在那首著名的诗中写到它。我感叹说:"我要是亿万富翁,首先把这个大院买下来,将旧房子装饰一新。"Z说:"你这是第二次说这番话了,上次你就说过一遍。"

晚清史有专家评价段祺瑞,说段祺瑞不贪财不好色,但是工于心计,善玩权术。段祺瑞自袁世凯时期就是北洋政府总理了,在此之后,他一会让黎元洪当总统,一会让冯国璋当总统,一会又让徐世昌当总统,而他自己始终重权在握不肯出头。段祺瑞不肯出头是有原因的:执政乱世,方向不明,前台的人肯定要做牺牲品。段合肥不愿意把自己牺牲掉,就找来一个个替死鬼。但段合肥还是把自己的名声给搞坏了,有些东西光靠玩权术是不行的,权术玩得再好,也是下三烂的事情,只有理想,才是一种战无不胜的力量。

出了大门,方发现大门边的拐角上写着的"3·18惨案发生处",才想起来刘和珍等曾来这里闹学潮请愿过的,当时被段祺瑞的军警打死。段合肥也是倒霉,一不小心弄了件人命案在身,便很难再翻起身来。

晚上Z君带我到附近胡同一家"壮士羊肉馆"吃饭。刚进得门来,便感到这家羊肉馆有一种"恶俗"的风格,正面是一个唱歌、跳舞的小舞台,旁边的墙上用毛笔写着一大串"壮士宣言",粗鲁而亢奋,我掏出笔来抄了一段:

不壮何以应凄风狂雨

不壮何以承艰辛劳累

不壮何以经人间百事

不壮何以行千山万水

不壮必存后患而顾左右

不壮必心气虚而生胆寒

不壮必心有余而力不足

不壮必力不足而半途废

……

这首不伦不类的诗作极有一种莽汉味,倒像是段合肥韩复榘之流写的。又想当年段合肥也可能极喜欢这些恶俗的景象,说不定总爱溜出总督府到胡同里大吃东北羊肉,或者喝一点合肥的辣糊汤。恶俗在大部分时间里让人觉得舒坦,让人放松无比;不像优雅,总有一点束缚。到了吃饭时间,羊肉馆的舞台上几个东北大妞扯着嗓子唱卡拉OK,台下的火锅则散发着一股羊肉的芳香。我们吃得大快朵颐,那情景就如同参加座山雕的"百鸡宴"。

在地坛

早晨起来径直来到地坛。早晨的地坛气场尤其好,环境优美,空气清新,有很多老者在这里锻炼散步,与高高在上的天坛比起来,地坛显得平和得多,也多人间烟火。这是我所喜欢的寻常生活。天坛里似乎什么都没有,只是光秃秃的地面以及一些富丽堂皇的建筑;而地坛呢,有着蓬蓬勃勃的花草树木,有着活泼灵动的昆虫鸟类,当然,更多的则是无所不在的生命之气。

我有滋有味地坐在那里,看表情喜悦的老人在我的面前伸胳膊踢腿,看不远处搽着胭脂的大娘、大婶在狂扭秧歌步。我嗅到公园里飘浮着一种熨帖而微苦的味道,这是一种生命的苟日新,日日新。

我在地坛迟迟不愿意离开,一直坐到正午时分,然后,我来到街头漫无目的地走。走得乏了,我便躺在街心皇城根公园的一条凳子上,悠然自得。我眯着眼睛看着北京上空灰蒙蒙的天,像一个快乐的乞丐。

在雍和宫

因为没事,上午到雍和宫转悠了一会。进去之后才发现雍和宫其实不是宫殿,而是皇帝的佛堂。雍和宫的建筑风格和布置也带有很重的王宫风味,佛味少,王气重;并且雍和宫与内地的很多寺院风格不一样,接近于喇嘛教的风味。

佛教是什么?实际上就是在细微之处见到玄妙。雍和宫门牌上高悬的几个字,让我看得心惊:现妙明心。这是真懂佛的人所写。清朝的几个皇帝中,其实最懂佛法的就是雍正了。但懂佛法又怎么样?有些人是学佛学通透了,看透了佛,反而干些有悖佛理的事情。雍正好像就是这样,不过这也难怪,在君临天下的龙椅上,不可能光讲佛法,不讲世间法,而只要一有动作,受害的往往就是芸芸众生。

总有些人见到佛就乱拜一气。我旁边的一个年轻的台湾女子,从一进雍和宫起,看见菩萨就叩头,叩得狼狈无比。有恭敬心当然是必要的,但应该明白的是:佛不在别处,而在自己的心中。

国子监的碑文

国子监的一块碑文特别有意思,那是明太祖朱元璋训示太学生的一通敕谕,完全是朱元璋的口谕,半文半白,粗鲁而真实。朱元璋当上了皇帝,希望有人才,于是便办了国子监。国子监严格得像是监狱,朱元璋的训话就像是监狱长:"今后学规严紧,若有无籍之徒,敢有似前贴没头帖子,诽谤师长的,许诸人出首,或绑缚将来,赏大银两个。将那犯人凌迟了,枭令在监前,全家抄没,人口发往烟瘴地面。钦此!"

国子监待学生非常残酷,学生曾有饿死、吊死的。太学士们曾经闹过两次学潮,其中一次是学生赵麟,出了一张壁报(没头帖子),朱元璋听说后,龙颜大怒,把赵麟杀了,把他的脑袋挂起来示众。朱元璋在敕谕上所说的,就是指的那么一回事。

我一直疑心朱元璋有着浓重的自卑心理,他是一个小乞丐出身,从小没读过书,等到当上皇帝,肯定以为学问也不过如此,便觉得可以虐待读书人了。这种感觉有点像一个落魄的小老鼠有朝一日成了精,便将一大群猫关在铁笼子里,因为瞅着不顺眼,便横挑鼻子竖挑眼地折磨一番。在这样的"促狭"心理之下,太学士只好落得个里外不是人,也不可能成为真正的人才。所以后来的《戴斗夜谈》中,北京人将"国子监学堂"和"翰林院文章"列为"十可笑"之列。靠蛮力,是培养不出好人才的。

我在国子监转了一上午,没找到什么感觉。更多的时候,我总坐在辟雍殿边的石阶上,听古树上的鸟鸣。我想,当年国子监那些可怜的太学士在百无聊赖的情形下,唯一的乐趣,大概也只能听一听小鸟的叫声吧。

美丽像花一样凋零

女人像老虎

姑娘就像花一样,这是比喻。但花的品种是不一样的。有的花名贵,有的花就一钱不值。结婚以后的很多姑娘由较名贵的花变成了田野里的红花草,更有一些生了孩子的女人干脆变成让人生厌的狗尾巴花。

我最怕见的就是那些女子。她们在结婚生子之后自己消失了,就变成了男人的老婆、孩子的妈。她们全部的话题就是:我的女儿今天会背唐诗了;我的女儿今天被幼儿园的老师表扬了;我的儿子今天撒了泡尿,尿到我的衣服上……所有的话题她们都能七拐八扭地引向她们的儿女。碰到这样的女人,除了走人,你还能干什么?

今天我又遇见了这样的女人。这个女人曾经是个很漂亮文静的姑娘。当我在长江路碰见她牵着她那个并不漂亮、机灵的儿子时,我只是寒暄了几句,并礼貌性地摸了摸她儿子的头。这下不得了,她关于她儿子的"阿里巴巴宝库"打开了,她开始向我详细地介绍她儿子的成长史,并且她一点也没看出我的不耐烦,话题执着得像"爬山虎"一样。最后我的手机终于帮了我的忙。我没等手机里的人说话,便大叫一声:"我马上赶回来!"然后我对她说,领导急着找我,办公室失火了!

女人像老虎并不可怕,这样的女人才可怕。

老油子了

Y和Z算是大学里的旧好,曾有一段故事的。但他们的见面却一点也不尴尬,毕竟是老男老女了。我开玩笑说Z和Y见面前肯定在脸上搽了很多粉。但仔细一瞧,Z脸上根本就没有粉,只有细细的皱纹。这样心态的女人,恐怕见谁也懒得搽粉了。

饭桌上Y和Z竞赛着讲起了段子,这不由得让我感叹生活的残酷。十多年前一对粉人如今都变成"老帮子"了。在酒席上,能说"我最近见到市长了,他拍了拍我的肩膀……"这样的人,说明混得不错;能说一口段子面不改色的,这样的人绝对"白道红道黑道";能说一句根本不幽默的话,却让四周人笑成一团的,这样的人才是"众星拱月";而什么都说不来,回去却写进日记的人,肯定是一个没用的废物。

我就是这样一个废物。

"痛苦"的厨子

作家沈宏非给南方的许多报纸开了一个吃吃喝喝的专栏,说一些吃喝方面的闲话。别人都很羡慕他,吃了喝了还能赚名声、拿稿费。沈宏非一段妙语让大家在忍俊不禁之中心领神会。

沈宏非说:"年轻时最羡慕的是那些拍'小电影'的男人,既能快活还能拿到片酬。现在自己干了这劳什子,才知道那些男人其实也很痛苦。"

沈宏非的意思无非是指快乐的事情出发点必须是"玩",不带有功利性,而一旦事情成为自己的工作了,快乐也就"子虚乌有"了。就像"小电影"中的男人,众目睽睽之下一遍一遍地操练,哪里还有什么快乐可言!

其实比起沈宏非或者像我这样的"烹饪写手"而言,最痛苦的莫过于掌大勺的"厨子"了。在我看来,天下最不幸的职业莫过于厨师了,整天烹饪着各式各样的山珍海味,我想厨子起初看到各种佳肴还会流涎水,但到了后来,我想他连流涎水的本能都失去了。没有了涎水,也就失去了品尝的欲望,吃什么东西都没有了味道和感觉。一个失去了食欲味觉退化的人,人生的主要乐趣都在离自己远去,这真是人生中极大的憾事。

幸福总是建立在别人的"痛苦"之上,这是一个简单真理。厨子们的"痛苦",也是说明了这一点。

厚颜无耻

上网会让人变得厚颜无耻,这话是莫言说的,好像确实是这样。今天实在无事,我就上网在聊天室里待了一会,真是尝到了"厚颜无耻"的滋味。我起先用的名字是"小是",没有其他的意思,只是这两个字比较好打一些。我进了一家聊天室后,根本没有人理我。我便问:"怎么没人理我呢?"结果一个家伙回答说:"谁让你长了一个鸡鸡呢?"我顿时无话,气愤起来,索性骂了一句:"你爸爸不是也有鸡鸡吗?怎么你妈理他呢?"这下惹了麻烦,那小子打字飞快,一会我就收到了好几百字的骂人文章,粗鲁得不行。我一看不好,只好匆匆骂了三个字,就赶快逃跑了。

喝了几口水之后,我又进了另外一家网站聊天室,这回我换了一个女人的名字"小丽"。这下好了,刚刚进去,一个家伙就跟上来,说:"小丽,我们交换一下性感受好吗?"我大怒,随手打了几个字:"你去问你妈去!"这个家伙马上回击道:"死丫头,你还以为你是处女啊,我×——"我一看不好,只好再次从聊天室里仓皇逃出。

张楚说"孤独的人是可耻的"。这是不对的,我只想说:上网的人是可耻的。

很绝的东西

民间的东西有时是很绝的,比如说这样一首歌词:隔窗子听见脚步响,一舌头舔破两层窗。这歌词就绝妙,少女怀春的急切心情跃然纸上。当然,这些歌词都是过去的东西了,当今社会,有些段子也可称为绝妙的"民间语文",幽默形象,让人忍俊不禁。

晚上吃饭是跟一个美容院的老板一起,这老板先是在南方干过,然后就在合肥自己开了家美容院,生意很好。我问他的服务范围,他回答说有拉皮、割双眼皮、抽脂等等。我问有处女膜修补术吗,他说有,而且生意还不错。我接着问,那处女膜是用什么制成的,他的回答是绝密。于是我便想起了香港专栏作家蔡澜的一段话,蔡澜说:"香港女人从小就幻想把初夜权送给丈夫,有如一件宝贝。"但多数在什么节目中,像中秋的月饼一样,糊里糊涂给人吃掉。如果不是担心一早丧失,便紧张得什么时候才能丧失。愿意一早丧失的,有很多人想要,但是如果太迟了,就恐怕没有人要了。矛盾至极,已到绝顶。

吃完饭之后,到一个古董收藏家那里看宝贝。有一面宋时的铜镜极漂亮,让人爱不释手。朋友开玩笑说那铜镜曾是李清照家的。李清照日日对着此镜"顾影自怜",便成了一个千古流芳的"怨女"。我想也是,宋朝的铜镜毕竟不太光亮,一照便是个十足的"黄脸婆"。人走进这样的镜子里,肯定会生出诸多感叹来。李清照能写出那么多诗词,肯定是跟照铜镜有关。

晚上回来做了一个梦,梦见自己竟成了一个女儿身,一副李清照的模样。猛然惊醒,想自己要是个女儿身的话,会不会也成为一个怨女?

王朔一样的"痞子"

在火车上

坐火车。因无事可做,只将一本王朔的《无知者无畏》从头看到尾。与此同时,又听了王菲的一张CD《只爱陌生人》。听时冷眼观车厢周围的人,或者在打扑克,或者拉呱,或者干脆就是睡觉。想国人也是什么都没有,就时间多的是。而国外人似乎什么都不缺,就是缺时间。这样想似乎有崇洋媚外之嫌,不由得又想起上次在北京打的。那司机一手开车,一手拿着手机,穷聊活侃了足足有十几分钟。当时车开得飞快,我在车上心惊胆战。好不容易等司机打完了,我佯作不动声色地说:"在国外司机打手机是不允许的,要被罚款的。"

"还不是咱中国人素质差呗!"那司机调侃地回了一句。不是冲着我的,但让我觉得自己也好不了多少。一时无话。

谁比谁差多少。我突然明白我的座位一直空着的原因。在我周围的人看来,那个身穿皮夹克、嘴嚼口香糖、头戴耐克帽、耳朵里塞着耳机摇头晃脑念念有词的家伙肯定是个令人生畏的大痞子,更何况他手中还捧着一本王朔的书!

残忍的吃法

在很多时候烹饪是极端残忍的,这是相对于作为菜肴的动物而言。人总是发明一些残忍的吃法。这荒诞的理论前提就是认为动物在受折磨时,生命力会达到高峰,肉味就会格外鲜美。所以就有了清蒸活鱼、清蒸螃蟹之类的菜肴。中国菜烧鱼的绝技是活鱼下锅,到上餐桌时鱼的嘴巴还在动,这些都不算冷酷。更有甚者是先折磨动物,然后再上锅:比如说用有绳结的绳子鞭笞猪和小牛,使它们的肉质软嫩;倒挂鸡,慢慢地放血使之死亡,或者活活地打死一只鸡,然后再去烹饪。在云南,有一种"烤鹅掌",将活鹅吊起来,让鹅掌正好踩在一只平底锅上,然后在锅下生火,锅慢慢烫起来的时候,鹅就不停地轮流将两掌提起、放下,直到烫锅将它的掌烤干,之后单取这掌来吃。

还是在云南,有一种"狗肠糯米",先将狗饿上个两三天,然后给它糯米吃。饿狗囫囵吞下,估计糯米到了狗的"十二指肠"后,将狗宰杀,只取这一段肠蒸来吃。说法是狗会调动全部的精力来包围糯米,因而"补得很"。

不仅中国,国外的一些"歪理邪说"也是谈折磨动物之绝技。法国有一本书叫《大厨对经》,专门记载一些烹饪绝活。譬如先将活鹅的羽毛拔光,然后在其四周生火,注意不让火接近,以免烟呛到它;但也不能让火离它太远,以免它逃走。火圈中放小杯的水,掺入蜂蜜和苹果。鹅被烤得难耐,只好喝水,这水既可以增味,又可以令其排粪。在烤的过程中,还要记住用一大块湿布擦拭它的头和腹部。最后鹅整个身子出现痉挛,那就算是熟了,可以立即端上来……

中国的山珍海味中,曾有"吃猴头"一说。那是将猴子锁在特制的餐桌上,只露出个猴头。然后上工具,将猴头敲开,在猴脑里撒上盐,用勺子舀着吃——这种吃法,真是惨不忍睹!

我们所处的世界是人占绝对统治地位的世界,但人也不能因为自己的强大而为所欲为。试想假如有一天人沦落到像今天动物的地位,也来一道道清蒸人肉、火烤全人、烤人掌、活吃人脑……我的天,那真是想也不要想!

好色而不淫

大街上几乎看不到几个十分扎眼的女子。有时看到几个打扮得十分醒目的女子,衣裳也高档,但由于气质跟不上,总觉得那衣裳不是她的,像里面罩了个橡皮人似的。没有漂亮的女人,男人走在街上,便没有幸福的感觉。身为男人,幸福感之一,就是欣赏各式各样的美丽蝴蝶在身边飞舞。而作为女人,是没有这样幸福感的。女人看女人,很难有欣赏,只有敌意。

"好色而不淫"是谁说的,孔老夫子?孟老夫子?能说这话的,肯定是个不同凡响的人,能把距离感和人性处理得恰到好处。极度中庸,高人一个。

还有一句话不知道是谁说的:男人只有在七十岁之后,才变成了一个纯粹的欣赏者和体会者,而在此之前,总是情不自禁地想当一个参与者。这句话我觉得不对,我就不想做一个参与者。

稀奇古怪的书

现在读书,老喜欢读一些稀奇古怪的书,好像先前将一些正儿八经的书读完了。今天在街上买了两本书,一是盗版的古代黄色小说,另一本则是有关"迷药"的书。想中国古代也的确有趣,封建纲常那么厉害,却有不少文人正事不做,在那里大写特写"黄色小说",悉心研究"房中术"。中国写作"黄色小说"研究"房中术"的鼎盛时期,竟是封建礼教最为严酷的明清时期。其他的不说,仅《金瓶梅》《肉蒲团》等黄色小说的出现,就足以让人重新审视这段历史。还有一些比《肉蒲团》之类更黄的,套用现在的术语,《金瓶梅》之类只能属"三级",而《色空鉴》之类才能称得上"顶级"了。

明清时政府大肆镇压文人,搞"文字狱",都是就政治而言,怕人推翻他们的政权。至于文人们潜心于"著黄""贩黄",也许正是统治者们求之不得的事。看一个个英才玩物丧志,沉耽于"纸醉金迷房中术",没准儿统治者会在一旁偷着乐。也许正是如此,这个时期造就了一批"黄色小说""春宫画"以及精通房中术的文人痞子。病态的土壤,就会长出一批病态的苗。

又读《迷药》一书。此书中记载了许多"偏方",譬如有一种印度的药方:男人如果希望他的阳具强健,就应该用某些长在树上的昆虫的毛来摩擦它……我对于偏方之类的东西一向持半信半疑态度。但不可否认的是,在古代,偏方之类的东西的确管用。这又是怎么回事呢?按照我的理解,这实际上是"催眠术"中的暗示法。患者往往淳朴,笃信之下,往往会调动身上的潜力来达到目的。从本质上不是药方管用,而是自身的"精气神"在起作用,达到了目的。现代社会用这些肯定不行了,人们不再淳朴,疑心病特别重,除了自己之外,谁也不愿相信,也缺少精气神。在这样的时代背景下,偏方也就不起作用了。

我一向认为"医"是两方面的事情,是一种"沟通",如果只单纯强调一方面,肯定是一个"庸医"。

这道理好像还适合很多东西。

看《探戈舞》

看了一部阿根廷故事片《探戈舞》,异常华美,将探戈的神韵发挥到极致。探戈的内在精神是什么？就是情欲。在《探戈舞》中，我们所看到的探戈是情欲发挥到极致的表现，到了极致，反而变得优雅了。优雅的探戈舞者就像是一只只"狐狸精"似的，漂亮的女狐狸精，健壮的男狐狸精，优雅的老狐狸精，大家共同在舞台灯光上随心所欲，美轮美奂。

不像我们国内的探戈，没有优雅，也不够精致，让人看起来只剩下情欲和性感。性感的通俗解释是什么？就是"骚"。

晚上与一群男宾女宾在一起吃饭。其中一位女子感觉甚好，她问我为什么爱留平头。我开玩笑说因为不能剃光头，所以只好屈就了。她说男人留平头挺"酷"，不笑像葛优，一笑，就像张艺谋。

自己哄自己玩

读《霸王别姬》文章

看了一篇有关莫言话剧《霸王别姬》的文章。在话剧中,莫言把"楚汉之争"处理成了两个女人之间的争夺。在莫言的笔下,虞姬是一个小女人,一个极需要男人爱抚的美丽的小女子;而吕雉则是刘邦所不爱的、没有什么女人味的女人。正是因为这点,造成了项羽和刘邦的不同命运。因为项羽极爱虞姬,所以他几乎没有心思进行政治争斗,"爱美人不爱江山";而刘邦因为不爱吕雉,便将他的全部精力都用于政治争夺。在爱情上,吕雉是一个失败者,但在政治上,她夫贵妻荣成了一个得意者。正是因为刘邦和项羽后面的砝码不一样,这才使得二者在较量中分出了胜负。

"爱江山也爱美人"当然是一个较为完美的结局,但历史似乎从来没有那么完美过。英雄们往往是得了这头失了那头。世界不是完美的,而是有缺陷的。

这样看来,项羽真不是够聪明的人。他真是应该完全放开,干脆"爱美人不爱江山"。江山有什么要头?整日里累着俗人俗事,还不如做一个完全的"花间鬼",放弃争斗,带着美丽的虞姬漂流四方。历史上有一个人"聪明绝顶",那就是携西施逃出宫殿的范蠡。乾坤几许大?尽在阴阳中。

凡是能够抛弃一些重要的东西的人,都可谓是大智者。愚蠢的人是什么都想得到,结果什么也得不到。

生活需要"阿Q精神"

生活中有很多事情就是自己哄自己玩。这道理很简单,你要是不自己哄自己玩,一认真起来,自己生活的"方寸之地"都会失去。你要是不哄自己玩,别人是不会哄你玩的。比如你的上司,他就从来不会哄你玩;又比如说你的老婆,她总是给你平白无故地增添很多麻烦。

还有一个佐证就是哄别人玩会比较危险。比如说忙人,他在那里忙得一塌糊涂,你却在那里跟他耍幽默,他不烦你才怪呢!比如说穷人,他正在下岗为生计犯愁,你哄他玩,不是找打又是什么呢?又比如说贵人,你跟他幽默,他会认为你跟他不在一个档次,你的幽默是不尊重他,你还不如假装毕恭毕敬。所以在这样的情况下,就只剩下自己哄自己玩了。

自己哄自己玩,是人们生存的一种安全床。生活中就是需要有点"阿Q精神",被砍不过碗大的疤,等到生死簿下来签字时,也要努力将圆画圆。所以想一想阿Q绝对算是一个"后退一步"的智者,最起码具有智者的潜在素质。要是阿Q生活在现在,功力进一步深厚的话,说不定就会成为一个王朔似的作家。

在书店就自卑

每次进了书店都让人觉得自己的渺小,觉得自己生命的过程可有可无。平日里还觉得自己是一个人物,进了书店,才觉得有那么多伟人无声无息地挤在那儿,而自己则什么都不是,就像空气中的灰尘。想自己真是白活了,有那么多优秀的人活着,自己简直就是可有可无。但转念一想,自己的想法纯粹是因为神经过敏。如果书店里的职员有这样想法的话,那么在书店里一天都待不下去。

人类文明史算是五千年吧,经过那么多高人的探索和思辨,人类基本上已尽知这个世界的真谛了。没有了解的,也属于对人类基本生存可有可无的,那都是无法穷尽的东西了。现时混乱的思想,往往是一些人,人为地弄乱一些东西,好浑水摸鱼罢了,而另外一些糊涂者又重复着拾人牙慧。最后的局面就是这世界由各种道理牵涉在一块,"剪不断,理还乱",就这么稀里糊涂地缠下去了。

在书店看到一些作家又在不断地出小说了,几年工夫,就有一些新的小说出版。这些作家一写就是厚厚的一本。香港专栏作家蔡澜说内地作家之所以一写就一大本,是因为他们的闲工夫比较多。我也这样认为,但这样想似乎有嫉妒之嫌,有点吃不着葡萄就说葡萄酸的意思。

地主的饕餮

我曾在北京王府井书店看到一本厚厚的《中国饮食文化史》。第一卷,我粗粗地翻阅了一下,上面记载了从原始社会到西周时期中国人的饮食生活。据书的前言介绍,西周之后的部分正在编撰。我不由得对中国灿烂的饮食文化叹为观止。虽然说法国有一本经典著作《食经》,但我知道,相比较于我所见到的《中国饮食文化史》,那显然是小巫见大巫了。

但我对中国饮食文化的过于发达总有点心存疑惑。中国有三千年的封建史,可以说,这三千年当中,舞台上唱主角的都是各式各样大大小小的"地主"。这话说得并不过分,社会发展史告诉我们,中国漫长的封建社会是一种农业社会,在农业社会中,占据统治地位的都是一些有产的"地主",文化是社会生活的产物,所以封建社会的文化是一种"地主文化"。而作为"地主文化"中的组成部分,中国的饮食实际上也就是一种"地主的饕餮"。

在我看来,"地主的饕餮"主要有以下几个特点:一是过于关注生存状态,关心衣食住行这些物质生活,忽略生存中的精神成分。按照现在的说法,重视"物质文明",忽略"精神文明"。二是由于"地主"们久居一地的视野原因,以及社会方方面面的纲常束缚,使得他们享受生活的范围比较狭隘,生活的外延比较窄,大都集中在"吃"上。尤其在"食色"这两方面,由于一方面受到限制和压抑,另一方面必然加倍张扬。中国饮食文化的过于发达,实际上就是这种社会现状和个人心理状况的结果(我在前面的文章中已经论述过)。三是中国的饮食文化也类似于中国其他的东西,形式的成分太多,实质的东西比较少。在饮食的很多方面,我们随处都可以见到自欺欺人、故作姿态的表演。

我声明我没有丝毫攻击中国饮食文化的意思。至少从表面上来说,比起西式自助餐的优雅,中国人一堆一堆地围坐在圆桌边大吃大喝,有时候还来一些劝酒划拳,像不像一帮地主在狂欢?

千古绝句

晚上和一帮文人在一起吃饭,也放浪形骸一把。有位诗人吟诵一诗,倒是十分有意思:

> 太阳下山了,
> 天黑了,
> 白猫满街跑,

黑猫不见。

同在的都大笑此诗的妙处,有景有形,生动活泼。我也赞叹此诗为"千古绝句"。写此诗的人姓王,真是"唐有张打油,今有王某某"。

新世纪来了

到处都在庆祝新世纪来了,好像新世纪的天空随时都可以落下巧克力似的。其实人们不过像卖火柴的小女孩一样,点燃的都是些空洞的希望。科学只能给人带来便捷,但不能给人带来幸福。幸福在哪里?幸福在人们的心中。没有心灵的人,是没有真正幸福的。

随着年龄增大,似乎心也越来越钝,但仍有一些东西令人难以释怀。下午乘车,用耳机听着罗大佑的歌曲,一边听一边哼。当听到《穿过你的黑发的我的手》以及《亚细亚的孤儿》时,心中突然就有一种巨大的暖意,不觉泪流满脸。在车角任眼泪从面颊上寂寞地落下。

这是 20 世纪最后的眼泪。21 世纪的我,还会流下如此的眼泪吗?

我的朋友胡适之

在环城公园散步

人间的许多忙乱,其实都是不得要领,且大多数为庸人自扰——今天的天气特别好,简直有点春光明媚了。去环城公园散步,看见湖边三三两两的钓者。蹲在一个钓者边上待了近半个小时,也没有看见他从水里拎出一条鱼出来。倒是不远处的一个老者技艺相对高超一点,隔一段时间便从水中拎出一条鱼。那鱼极小,只有寸把长。老者每拎上一条,都如孩童一般开心。其实按照市面的价格,那鱼是很贱的,简直不值钱。垂钓者加上诱饵等钱财,付出的代价绝对要比得到的多得多。

但垂钓者是不带功利性的。垂钓者的愿望只是等待,等待鱼上钩,它的实质是希望。同理还有摸彩票的,其实有多少人有机会得到大奖呢?但只要买了彩票,就等于买到了希望。而人们更愿意在有希望的等待中打发人生。站在那些垂钓者身边的时候,我还想,这样的情况是人在钓鱼呢,还是鱼在钓人呢?

我突兀地产生了一个想法,真想到菜市场买几桶还活着的小鱼来,倒进银河。这样那些钓者兴奋的机会就大大增多,也算做了一件好事。

无趣的聚会

参加了一个十分无趣的聚会。听当中的一个人在那拼命地吹牛,某某是他的朋友,某某又是他的朋友,说到底,就是拿那些有头有脸的人来衬托自己的身份。其实吹牛的人都是底气不足,底气要足的话,即使是讨饭的,也是可以让人另眼相待的。比如说在欧洲的一些地铁中,就有不少乞丐拉得一手漂亮的小提琴。这样的要饭者,离艺术家已是不远了。人家的要饭,是他的一种生存方式。

二三十年代胡适的威信极高,且礼贤下士,见面的就是朋友。所以经常就有人吹嘘:我的朋友胡适之。其实哪里是在说胡适之呢,完全就是在摆自己的谱。这样的实例太多了,在报纸上,在生活中,随处都可以看到、听到。

小蛮腰

看了一部名片《爱经》,主旨是说光有爱的手段和技艺是不行的,最根本应该是真爱。这些道理已经算是通俗之理了,倒是对片中印度女人的腰有点兴趣。印度女人的腰跟阿拉伯女人的一样,有着完全活力,用阿城的话说,就是"腰部微妙,像脸部一样有表情"。那腰真是有表情的,而最有表现力的地方就是肚脐一带。其实肚脐还有另外一个名称,叫"腰眼",可以像眼睛一样顾盼生辉。有表情的腰如果一定要用一个词来形容,可以称为"小蛮腰"。

李渔在《闲情偶寄》中谈论女人,只是提到肌肤、眉眼、手足、态度等方面,没有专门谈论腰。东方女子腰一般都比较短,这一点日本女人尤甚。日本女人之所以看起来臀部较大,其中一个重要的原因就是腰短,臀部直连着腰,给人视觉上的屁股尤其大。就名女人来说,好像舒淇的腰长得不错,有着表情和丰韵,是一个完全的"小蛮腰"。相对而言,腰部最有魅力的,还是阿拉伯国家和印度的女人。西方的女子腰太硬,偏粗,好莱坞影星也没有一个腰长得特别好的,比如莎朗斯通以及麦当娜,腰部肌肉粗壮,像男人一般。

贾宝玉是女人

《红楼梦》一直是我的手边书,经常性地读它是流连它的文字感觉。《红楼梦》的文字不带丝毫"暴力",不像现在我们随处可见的文字,处处渗透着一种"暴力",富有一种攻击性。《红楼梦》里的文字显得很纯粹和静气,可看出一种"一览众山小"的平静和智慧。这是当代作品所不具备的。

《红楼梦》里最大的伏笔在于曹雪芹是将贾宝玉当作女人来写的,而大观园所有的尴尬就在贾宝玉自己没有男人意识,他从来没有把自己当作一个男人,总以为自己是一个女人;而大观园的女人,又把贾宝玉当作一个男人。所有的矛盾都由于性别的错位。贾宝玉意识到自己是个男人只是偶尔,一次是与袭人初试云雨之时,另一次则是要娶宝钗之时。

今日翻阅第二十回《王熙凤正言弹妒意,林黛玉俏语谑娇音》,觉得十分有情趣。这一回写宝玉见麝月一人在外间屋里抹骨牌,便替麝月篦头。原文为:

> 宝玉道:"咱们俩做什么呢?怪没意思的……也罢了,我替你篦头。"麝月听了道:"使得。"说着,将文具匣搬来,卸去钗环,打开头发,宝玉便拿了篦子替她篦。

后来又因为篦头之事,引来了黛玉和晴雯的一番醋意。林黛玉生气是正常的,晴雯生气又是哪一门子呢?丫鬟的命,小姐的心。

为什么说宝玉实际上是一个女人呢?因为只有女人和女人之间才会觉得没事干,而一个男人和女人在一起从来就不会觉得无聊。

看《破浪》

看电影《破浪》,印象至深的是电影中那个绝痴的傻丫头贝丝。当她与一个采油工结婚时,神父问她能否担当起爱情的职责,她说是的。神父接着问她在爱人身上能得到什么,她想了一想,然后说,音乐。

这是一个绝妙的回答。贝丝的回答是对的。电影《花样年华》就是这样,那一首绝妙的音乐就是流淌在两个人心中的秘密。剪不断,理还乱。

冻米糖

我小的时候是一个物质相当匮乏的年代,除了一日三餐能吃到白米饭之外,几乎没有什么吃的。只有在年边上,父母亲才挑着一些冻米,到糖坊里为自己家割一点糖,以对付我们饥饿的胃口。

　　割冻米糖，米是要自己晒的。就是先将糯米蒸熟，然后放在太阳下暴晒，晒到很干了，就将一团团的糯米掰开，变成一粒粒坚硬的冻米。父母亲便买上二斤白糖什么的，挑着个米袋箩筐，到糖坊里去割糖。糖坊里这时往往人很多了，空气中有一种充满诱惑的甜香味。父母便将米袋放在那里排队，然后到一边去交加工费。糖坊里的师傅先是将我们的米炒出来，然后加入糖稀，当然，高级一点的是要加入白糖的。然后用大铲子将这些用糖稀搅拌过的米放在一个大木框中，用大石头压，最后再用锋利的刀将之切割成一小块一小块，等到稍冷，我们就将冻米糖放进箩筐挑回家，然后放进特制的白铁箱，这样的话不易走气，蔫掉——而这冻米糖，就成了我们整个春节期间的主要零食。当然，每家每户在招待客人时，这也是很贵重的东西了。

　　我就是吃着这样的冻米糖度过了很多年。到了后来，我一嗅到糖坊的味道就感到恶心，而年复一年的冻米糖让我感到一种厌恶。到了后来，我再也不想去碰那个干燥的、散发着一股异味的东西。终于有一年，我们家没再割冻米糖了，而这时候，五光十色的东西开始进入了我们贫穷的国家。

　　冻米糖就这样远去了。而我，对于它从没有一种本能的怀念。现在写起它，只不过因为它是我记忆中的一个情结。从彻底的意义来说，我对那个物质和精神匮乏的时代没有一点好感。那个时候所有的一切都像冻米糖，简单，本质上是愚蠢的纯朴。而

桃红梨白菜花黄　｜　035

我一直庆幸的是我终于摆脱了各种各样的"冻米糖",置身于一种慢慢丰富的生活中去,让我能够满足自己并不太多的欲望。这点该感谢谁呢?我想谁也不要感谢,只是感谢时间,时间就是我们的上帝,它会让我们的生活越来越好。

桃红梨白菜花黄

豆腐的故事

这里记一段豆腐的故事。

我家一个亲戚在徽州世代做豆腐,远近闻名。到了老憨这一辈,仍是做豆腐。老憨是从十四岁时正式学做豆腐的,但一直到了十八岁,单独做豆腐仍是不行,不是老了就是嫩了。其实从程序上说,老憨做的都没有问题:先将黄豆、大豆或黑豆磨成浆,放在锅里掺水煮,然后用布过滤,点卤,凝起来的豆腐脑子包在布里,系好,将水挤出——但老憨再怎么折腾,做出来的豆腐总跟他老爸的不是一个味道。

老憨的父亲四十岁得子。独子老憨到了十八岁的时候,他老爸已经是靠花甲的人了,眼看着家传的绝技就要完蛋,他老爸有点急了,但每天仍是不厌其烦地手把手地教老憨绝技,从磨豆开始,磨得过头了,细豆渣漏过布缝,混在豆浆里,这样做出的豆腐纤维多,不好吃;磨嫩了,就是豆子磨得粗,该成浆的没成浆,留在豆渣里,豆腐做出来就少。这些问题都是出在石磨上,不是磨沟浅了,就是深了……

他老爸的讲解细致入微,但老憨就是领会不了,豆腐仍旧做得很糙。眼见日子一天天地过去了,他老爸对老憨的豆腐手艺彻底失望了,老憨自己也灰心丧气。到了老憨十八岁那一年,他老爸将自己一辈子的积蓄都拿了出来,替老憨在邻村娶了一个如花似玉的姑娘——豆腐虽然做不好,传宗接代还是要的。新婚之后的第一天早晨,老憨起床了,他老爸坐在门口,轻描淡写地对老憨说:

"知道了吗?好的豆腐就像女人的奶子。"

老憨大悟。从此之后,老憨豆腐做的远胜其父,夫妻店异常红火。

黄梅戏

一种艺术形式往往有着自身的限制和局限。比如说黄梅戏,它的最大的特点就是生动、有情趣、平民化,但要让它承担更多的意义,那就是难为它了。黄梅戏最好的,还是传统小调《夫妻观灯》《打猪草》,透明单纯,有情趣,也有情欲,生动到极致。到了《天仙配》,尽管演员再好,但要承担反封建的意义,就有点力不从心了。至于《红楼梦》，从题材上说，那已是不堪重负了。退一步说，要才子贾宝玉和佳人林黛玉一口安庆话在那儿谈情说爱作诗词，那便怎么也不是个味道。更不是个味道的我想可能还有豫剧和秦腔，要是豫剧和秦腔也来一个《红楼梦》，那么……我的天！

地方戏就应该是很俗的东西，是俗的生动，而不是雅的生动。"雅"和"俗"是指它所承载的意义和内容。甚至有时候要带一点高妙的"色"，这样才显得生动而有趣。评剧在新中国成立前是很"黄"的一个地方剧种。其实不止评剧，很多地方戏原汁原味时也是带点色的；地方歌谣有很多也是这样，都是从"一摸"到"十八摸"的。后来正儿八经印在纸上的，都是新时代文人加工过的，那早就不是原来的风貌了。地方剧和地方小调的实质就是一种情欲，没有了情欲，也就逊色了很多。

有些菜只能作为小菜，做冷盘，不能拿来热炒，更不能拿过来做大菜红烧清炖。如果硬是把一盘做小菜的细碎品拿来红烧清炖，那便怎么也不是个味道了。

世界上很多道理，一用吃来做比喻，就显得通俗易懂了。

陈村说他能从王朔的小说中读到一股独特的骚味。这话不是贬义，我也有同感。我能从冯小刚的电影中感觉到传统相声的魅力；从葛优身上瞅出五十年前马三立的影子；从田震的歌声中听出京韵大鼓的韵味；从那英的歌声中觉察到评剧的味道，闭着眼睛，可以感觉到那英与赵丽蓉的相同点……很多东西，只是内容不同，时代不同，骨子里的东西却是一样的。今天坐车，窗外遍地黄花,开得一片蓬勃,春天的气息无处不在。司机也似乎受到感染,把依维柯开得跟坦克一样汹涌澎湃。听蔡琴的歌,感觉到连蔡琴的歌中都洋溢着一种怀春的味道。这也不是贬义,的确是这样。都说中年的爱情是一坛老酒,我看蔡琴的歌不只是把别人醉倒,把自己也给醉倒了。

情欲是艺术的本源,说到底,艺术就是荷尔蒙的升华。这话好像弗洛伊德也说过。不管是压抑也好,是扭曲也好,是抒发也好,是升华也好。有情欲的艺术通常是真的艺术,是一种真情流露。而没有情欲的艺术往往是假的艺术,干枯的、不滋润的东西。艺术应该是滋润的和生动的,不滋润、不生动的东西,不能叫艺术,只是产品。

敬亭山上

敬亭山上一片春色,桃红梨白菜花黄,非常漂亮。待在林中听鸟语,的确是一件非常惬意的事,身体都仿佛被濯洗得透明了。我一直对某些科学家认为动物没有语言和意识的结论持不同看法,并且认为那是人类自欺欺人的一个做法。你只要注意动物之间的交流就可以明白,它们之间的语言是多么的会意和简洁。而人类的语言是些什么呢?只是一些用来装模作样的声音,或者就是一堆无用的符号。

路边有一条狗,那狗总是用一种奇怪的眼神凝视我们。动物的眼神总是清澈见底,很单纯,不像人类的眼神,总是掺杂着种种复杂的成分。而在那只狗的眼神里,分明有戏谑和嘲笑的表情。我不是第一次遇见动物有这样的表情。动物的确是有资格嘲笑人类的。

我一直认为动物要比人聪明,比如说一条狗,它就可以感觉到人对它的想法,感觉到一个人是否具有进攻性。动物的直觉要比人类好,人类本来是聪明的,但太自以为是,就变得愚蠢了。

路上有一堆牛屎伏在那里,上面竟插着一枝映山红,远远地看去,就像是一个谐趣的哑谜。

我嗅不到逍遥津的味道

又去环城公园

合肥的最佳去处是环城公园一带。之所以好,是因为有树又有水。有树又有水的地方,比较静谧,像是有着自己的心灵和思想。就像一个人,不光有社会上泛泛的那些东西,也有着自己的心灵和思想。这样的人,才是一个优秀的人。一个地方是不能缺水的,没有水的地方,往往只见人的粗犷、人的冷酷,而不见人的细腻,也不见人的灵性。在某种程度上,合肥也是一个缺水的城市,这里的人也像缺水的人。

如果从高空看下来,环城公园如一条柔柔的腰带,轻巧地缠在合肥的身上。而合肥的一丝妩媚和气质,几乎是靠那条腰带帮衬着的,这也衬托了这个男人味十足的城市有着一个女人才有的"小蛮腰"。如果没有了这个腰,合肥便是一个市井里随处都可以见到的乏味的人。

又到逍遥津,公园里随处都是对对双双的人。我拼命地吮吸着过去逍遥津的味道。我感觉到少年时到过逍遥津的味道似乎跟现在的味道有点不太一样。我觉察到了这一点,但我没有确切地证实这一点。

时空应该是有着味道的。我总是无端地猜测古代的空气有着一种清新的甜味,而现代的空气里总有一种涩涩的腥味。

国民性与饮食

继续写吃。一个人有一个人的性格,一个国家也有一个国家的性格。这种区别体现在各个方面,在饮食上,同样也有着细微的表现。

日本的食物像是供神的,一个个精致无比,有着一种表面的绚丽,也少油荤,像是不食人间烟火似的。日本人吃饭所用的餐具以及菜肴的分量都小得惊人。小碗小碟的不像是真吃,而像是拿来做做样子的。这一点很多去过日本的人都深有体会。我的一个朋友在日本打工多年,他说初到日本竟有很长时间饿着肚皮,不是没的吃,而是不敢吃。我曾在上海吃过一家日本人开的寿司馆,那些菜量少得惊人,几片黄瓜一碟,几丝菜叶也是一碟,让人都不敢动筷子了。但日本菜是真漂亮,寿司就是米饭团,大概是里面放了东西吧,颜色很缤纷,外面还有一层彩色的表皮。

那么漂亮的小饭团,真是人吃的吗？我看是神吃的。

中国菜则不一样,中国菜有着一种世俗的华丽,最像是人吃的。吃中国菜似乎最应该在闹哄哄的场面上吃,菜肴也大红大绿的,散发着热气,有着一种蓬勃的兴旺。光是场面,十几个人围在一起,十几双筷子你来我往,然后大家叽里呱啦地说着元气十足的话,这种人气,还能找出个第二个国家吗？火锅就更不用说了,十几个人围坐在一块,热气腾腾的,像是坐在蒸笼上似的,吃的东西也是你中有我,我中有你,那真是一种繁华极致的热闹。中国人最大的本事就是将一切东西都能转为世俗化。比如说中国的佛教,跟印度原先的东西相差很远了；又比如说西方高雅的桌球,在中国"摇身一变"成了街头"小混混"赌博的工具。中国的饮食也是这样,有着一种世俗无比的繁华和虚荣。

而西餐缺的就是"人气"。西餐给我的感觉是一只野兽在吃"独食"。往往是一个人一支叉一盘食物光吃不说话,那样子就像是一只独狼在品尝着自己的猎物。另外在西餐的做法上还可以窥见游牧民族的影子,比如说牛排草草地煎一下就端上来,中间还带有血丝,明显就是"夷蛮"风格。而且我总认为,相比较而言,西方人吃饭所用的刀和叉,有着一种明显的兽性和野性,带有浓重的原始社会的影子,这一点无论如论也比不上中餐用的筷子——就那两根细细的竹子,就轻轻巧巧地将满桌子的菜肴给打发了,这多带有艺术的成分呀,真正的"四两拨千斤"！

那英们的歌

人的身体就是一个共鸣器。那英的歌之所以跟别人的不一样,那是因为她的脑袋长得跟别人的不一样,她的脑袋比较大,产生的共振效果好。同理也适合刘欢,适合李娜。刘欢和李娜之所以音色特别好,绝对跟他们拥有那独特的大脑袋有关,他们的共同之点都是脑袋大,脖子短粗。我想正因为这一点,才产生了非同一般的音色及共鸣。同理还有帕瓦罗蒂,帕瓦罗蒂庞大的身躯就是一架无与伦比的声乐机器。只有那样的身体,会产生那么好的共振效果。(这道理是不能反推的。)

我这是在用物理的现象解释着音乐上的玄妙。这样说,是不是很大胆,也很无趣?

翻《时尚》

有很多人现在是没有愤怒了,只有幽默和荒诞。所以现在网络上流行的是一种充满机智和玩世不恭的语体。网络上到处都是"痞子蔡"。现在的年轻人好像缺乏跟人直接交往时的轻松、随意和真诚,当面对面进行交往时,反而不行了,所以只好在网上大耍"无厘头"。

在办公室里泡一杯咖啡,翻一翻《时尚》,总是一件愉快的事情。诸如《时尚》之类的刊物不能读,只能翻;只能饱眼,不能进心。记得川端康成曾经形容一个舞女的家像一个狐狸窝。看《时尚》杂志,感觉就像来到了狐狸精的家,眼花缭乱,美轮美奂。

　　街头很有点热了。走在大街上,一辆大公交从眼前驶过,车身上的唐国强身穿保暖内衣,一脸灿烂的笑,温暖着一条街。一个再冷酷严肃的人,只要一穿上内衣,也就变得家常可爱了。

对着黄山"洒狗血"

去黄山

即使是再能言善辩、文采飞扬之人,在黄山面前也显得木讷笨拙。我认为我读到的所有写黄山的文章都可以说是一堆废话,或者干脆就是"洒狗血"。即使是徐霞客的游记,也就那么回事,丝毫也描述不了什么。据说美学家王朝闻到黄山,只是拼命吼了一声,什么也不敢写。南京林学院有个老院长,六十年代游黄山,心花怒放地走到玉屏楼,回头一望天都峰,一声长叹:"黄山真美啊!"然后气绝身亡。那是被黄山的美击倒的。在黄山面前,画家和摄影家有着优势,而作家只有"洒狗血"。文字是后天的东西,它针对人情和心理还能勉强对付,一面对自然,就显得底气不足了,这也是游记之类的文章从没有产生经典之作的缘故。黄山的美是不可言说的,一说就是弄巧成拙。黄山的美天衣无缝,既然没有缝,就肯定没有诸如"黄金分割"之类的理。至于人们自以为是地说着"巧夺天工"之类,那是不知天高地厚。真理是什么?就是"大道无言""大巧若拙""大音希声",靠人工的,顶多只是一种小聪明。美也是这样"大美无理",美到极致了,便无理可讲了,只有禅意,只剩和谐和默契,一切都是天造地设,自然在漫不经心当中,最容易鬼斧神工。

"五一"来黄山的人真多。新闻说黄山节日期间只达到了百分之七十的接待能力,又说绝不让一个人露宿,那真是能说客气话,能说明黄山的热情。我从黄山的索道大门到索道,几百米长足足花了四个小时;而在百步云梯前,数百米的石阶也"挪"了三个小时。这时候真不知道是人看黄山,还是黄山看人。

在北海一家旅馆里我见到了"世界上最大的蚊子",黄山山顶的蚊子健壮硕大,泛着绿,就像是一只只小蜻蜓。想来一点也不奇怪,只有具备云雀一样体力的蚊子才能在海拔1000多米的山顶上生存。

脱下一只鞋子蹑手蹑脚打蚊子,蚊子没有叫,自己一声尖叫。

早晨起来看日出

早晨五点起来看日出,运气奇好。远远地在地平线上,一个小红点腾地一下蹦出来,然后慢慢上升,这时候所有人的嗓子里都会感觉到有一个乒乓球在慢慢浮上来。看日出的人一片欢呼。

初升的太阳是真漂亮,红得很纯净,不像昨天傍晚看到的西沉的太阳,仿佛一身疲惫,无精打采。

这些只是我主观上的感觉吗?

爬飞来石,爬始信峰,人机械地挪动着脚步。其实哪是看景呢,更多的是看人。看人也是有味道的,来爬黄山的人,几乎都长得很漂亮,平日在城市大街上少见的绝色美女,都跑到黄山来旅游了,也可能是人一到黄山就变得漂亮了。在北海宾馆前的梦笔生花处,人们都说那山峰上的松树是假的,是用塑料做成的笔。仔细地一分辨,那松树的确显得尤绿,很明显,那是一株假笔。

"梦笔生花"的"花"是"天笔",如今这支"天笔"死了,世界上便再也没有绝妙文章了。这个时代,好像真不是出好文章的时代。

下山时索道仍是人满为患,想从石阶上走下去,又没那个气力了。折腾良久,终于到达山脚,竟有一点如释重负的感觉,就像是"逃出黄山"似的。"一生痴绝处,无梦到'黄山'",当晚,睡得昏天黑地,一夜无梦。

"打黄扫非"

现在的女人,由于化妆,一个个的本来的面目都无从推测。谁都像狐狸精一样迷人,像广告一样漂亮,但张张俏脸背后,人人都潜伏着杀机。有人说,男人生下来就是征服世界的,而女人一生下来就是为了征服男人。谁是"王中王"？还是女人。

林肯有一句名言,民主政治就是民有、民治、民享。女人的化妆,实际上也是女有、女治、女享。"女为悦己者容"是不对的,女人的化妆从某种程度上说不是为了别人,而是为了自己。女人是一种很脆弱的动物,要靠"假面"来支撑自己。自己给自己信心,然后杀入人群。

对于男人来说,能够欣赏女人应该算是男人的一个优点,男人如果对"女容"感兴趣的话,至少可以分散一部分注意力,以免为了自己的声名和权力祸国殃民。贾宝玉如果当皇帝的话就绝没有暴政,也不会有"文字狱"。

景　象

乘火车,在一处,见邻近的公路突然逼近,像是追求铁轨似的。并行一段时间后,铁路一转身,向另一个方向走去,公路只好悻悻地离开,像一个失恋的女孩。

文学变成肯德基

翻《作家》

世界万物都在变,文学也不例外。在邮局报刊销售处翻杂志,看到《作家》,疑为天人。这本原先土里土气的文学杂志突然间变得洋气了,并且打出了一个口号,要成为中国的"纽约客"。这种改变看起来是脱胎换骨似的:内页是彩色印制,还有一些精美的高档广告,如伊斯莱斯化妆品什么的,看起来就像《时尚》。这当中有一个很重要的因素就是,有一个酷爱文学的广告人作家投资了这家杂志,有了钱,杂志便朝着广告人要求的方向发展。我细细地翻了一下,在这本杂志中,充斥了一些轻飘飘、无病呻吟的文字,郁闷而小资;但排版的确漂亮,文学与辛迪·克劳馥的香唇在一起相映生辉。虽然整个杂志变得雅痞了,但我想,这样的文学是不可能有深刻感的。就如同过于漂亮的女人,是不能承受生命以及生活之重的。

这样的杂志也如同肯德基,很漂亮,也很精致,但商品的气息无处不在。现在好像不仅仅是文学在走肯德基这条路,连新新人类的一代,走在街上,也有一种类似肯德基的风格,精致、雷同,充满着人工的芳香。

文凭唬人

现在最想看的就是《一千零一夜》的全版本。想看,是因为那是一本半色情的书。而我在小时候所看到的或者流行的很多版本其实都是"净过身"的。《一千零一夜》是阿拉伯国家的文学作品,而阿拉伯国家一般是很保守的,但出这样的作品,也并不奇怪。往往是越压抑的国家,越是出现荒淫的作品。比如说《十日谈》,那就是在中世纪宗教桎梏最严酷的时候产生的。

《一千零一夜》是一本流传很广的书。之所以流传广,我想肯定跟书中具有很大成分的"味精"有关。《十日谈》之所以久盛不衰,是因为上面有很多偷情男女的故事。中国的古代话本"三言二拍"等,也有很多男女偷情故事。这样的故事总是有着诱惑的,社会上很多敢想不敢干的人,都可以在这种小说中找到慰藉。

街头见到 C 君,已有好几年未见到她了。站着谈了一会,她这几年好生了得,拿了两个硕士学位,现又在攻读博士。于是倾慕之情溢于言表。她突然一笑,说:

"我没有什么本事,只好拿文凭去唬人。"

杭菜名天下

合肥的屯溪路和美菱大道交界处,有一个"楼外楼"饭店,里面烧的是传统的杭帮菜,味道很是正宗,有一道"龙井虾仁"尤其地道,好吃,极有嚼头。这"楼外楼"三个字,就是套用杭州名店西湖孤山的"楼外楼"的。

杭州是一个诗意的地方,山水之好,真是无与伦比。生活在这样的湖光山色中,真有一种在天堂的感觉,久而久之,必定颐养成安居乐业的性情,也少血性和火气。在这个地方生长的人,肯定是会生活的,会吃,也懂得吃。

杭州的吃果然有着品位。跟这里人性格相似,杭帮菜也是以家常为主,用来做菜的一般都是些寻常的材料。这当中最有名的是苏东坡首创的东坡肉,即是以带皮的普通猪肉,调以黄酒,置于密封的砂锅之中用文火慢慢焖烧而成。有时候在下面加上一点杭州的霉干菜,将肉覆在上面,也叫"东坡扣肉"。再如叫花鸡,据说是从叫花子那里学来的,另一种说法是济公传下的,是用黄泥裹鸡在火堆里煨出。当然,实际的操作是用越鸡佐以绍兴酒、生姜、葱叶,再用荷叶和箬壳分层包裹,最后再涂上用酒脚和盐水调入的酒坛泥,放入文火中。正宗的做法对火要求很高,要求置放在稻草堆点着的草灰中,这样的鸡受热比较均匀,也不透气。一段时间之后,打开就食,香气扑鼻,鸡肉白净,酥不粘骨,鲜嫩可口。杭帮菜还有另一道名菜"宋嫂鱼羹",就是将西湖的鳜鱼切成缕缕丝状,配之以火腿、竹笋、香菇、鸡汤,用文火炖成,味道,当然可想而知了。据说宋高宗吃得龙颜大悦,吃完一碗便赐金百文,宋嫂也一下创了牌子,成了一个响当当的"富婆"了。

杭帮菜的历史和名气似乎总跟西湖有关,鱼总要求是西湖的,因为西湖的鱼品质最好,但时过境迁,现在我看杭帮菜的材料肯定要改一改了。1997年春天我到杭州,在西湖的一家餐馆里慕名点了一道名菜"西湖醋鱼",店主说这鱼确实是西湖中的青混,待鱼端上来之后,筷子夹上去一吃,一股浓重的泥腥气!也难怪,如今西湖的水呀,鱼都变成泥鳅了!

裸　奔

欧洲赛场又传来了裸奔之势。这两年裸奔之势不断,的确也多了许多卖点,资产阶级的新闻就喜欢无聊炒作,于是各家报纸都用了大幅照片在炒这件事情。我们的一些报纸也登了前几年范志毅所在的水晶宫队一名女球迷裸奔到场地的新闻,从照片上看,面对赤身裸体的女球迷,范志毅的姿态是东方式的,他把头扭了过去,做了一个无可奈何的耸肩姿势。而他的同事们则张着个大嘴,面对着那个女球迷傻乐。

由于裸奔,想起了前段时间一位从美国回来的朋友讲的一个

有关的段子,非常好玩:

美国也经常发生裸奔事件,有一天,一所养老院的老太太们在一起议论起这个话题,老太太们越说越兴奋。七十三岁的彼德太太最后宣布:今天晚饭后她将在餐厅门口进行裸奔!

老太太们兴奋极了。

老头老太太们在吃晚饭的时候,突然彼德太太一丝不挂地从饭厅门口跑了过去,老太太们欢呼雀跃,而老头们一点表情都没有,像压根没发生这件事似的。老太太们都用一种奇怪的眼神看着老头们,这时一个老头轻轻地摇了摇头,说:

"彼德太太也太不注意形象了,身上的衣服那么皱,也不熨一下,就穿着出来了。"

去省体育馆看球赛

去省体育馆看了一场篮球赛,由首钢队对美国 NBA 明星选秀队。实际上是什么 NBA 选秀队呢,可能只是美国的一个半职业或者业余性质的俱乐部,但他们的水平明显高出一截。那些身板消瘦、脚腕纤细的黑人似乎天生就是打篮球的,他们长胳膊长腿的,就像是一支支大螳臂在场上。除了身体素质高出一等之外,这些老美在场上还显得非常聪明,也兴奋,不时做出表演和出秀的样子。美国人最大的特点就是心理素质尤其好,很自信;而我们的队员相比较而言就显得呆板,很机械,一个个面色沉重,打起球自然缩手缩脚,没有创造性。实际上那些老美也只不过是二十岁左右的年龄,看起来却显得非常老练,不怯场,合肥观众的助威和起哄对他们一点作用也不起。

美国的教练也很有意思,站在场外手舞足蹈,大喊大叫,他真算得上是场上最忙的人。他的观察细致入微,明察秋毫,球员在场上稍有不好的苗头,就将他换下来。不像我们的教头,就像场边的一尾死鱼。

有很多东西,其实都是体育之外的东西,但他们在影响着体育。比如说日本足球,就是一种"鬣狗"战术,每个队员都像一只凶残无比的"鬣狗"。而英国足球,就像"英国牛"。阿根廷足球则是有着首领的"狼群"。德国足球是什么呢?什么也不是,是一架机械无比的"机器"。

中国足球是什么呢?是"阿Q",没有工业化的团结,一到大场面和压力下就双腿哆嗦,或者来一下"窝里斗"。这群"阿Q"的理想是什么呢?是"围着火炉吃玉米",或者挣一点钱,当然,也偶尔轻松一下。

吃醋的感觉很美妙

醋场子

又读《红楼梦》。总觉得大观园就像一个偌大的醋场子，里面总是散发出一股浓烈的酸味。里面精彩的情节都与人与人之间的酸味有关。总是这个女人吃那个女人的醋，那个女人又吃这个女人的醋，然后她们又共同吃其他女人的醋。这些构成了《红楼梦》的精华。当然，《红楼梦》里的酸醋并不浓酽，也不变质，更不恶毒，倒是有点贵妃醋的情趣和芬芳。当然，这当中有很多醋是因为宝玉而吃的，宝玉也像一个女人，他惹女人们为他吃醋，他也为女人们吃醋。

《红楼梦》中有很多"吃醋"的情节很美妙。第三十回《撕扇子作千金一笑，因麒麟伏白首双星》：

贾宝玉发无名火踢了袭人一脚之后，因为宝玉对之有愧，便

对之恩爱有加,这就引起了晴雯的吃醋,原文中写道:

> 晴雯听他说"我们"两字,自然是她(袭人)和宝玉了,不觉又添了醋意,冷笑几声道:"我倒不知道,你们是谁?别叫我替你们害臊了!你们鬼鬼祟祟干的那些事,也瞒不过我去。——不是我说:正经明公正道的,连个姑娘还没挣上去呢,也不过和我似的,那里就称起'我们'来了!"

三人搅成一锅粥之时,恰巧林黛玉进来了,这更是一个醋坛子,一见面,便如醋坛子打翻了似的,又是一地的酸话。原文写道:

> 黛玉道:"二哥哥,你不告诉我,我不问就知道了。"一面说,一面拍着袭人的肩膀,笑道:"好嫂子,你告诉我。必定是你们两口子拌了嘴了?告诉妹妹,替你们和息和息。"袭人推她道:"姑娘,你闹什么!我们一个丫头,姑娘只是混说。"黛玉笑道:"你说你是丫头,我只拿你当嫂子待。"

按黛玉的身份和修养,她是不应该讲这一番话的,因为毕竟宝玉和袭人有主仆之分,这样的玩笑有一些低劣的成分。但林妹妹显然是吃醋昏了头,为了一泄心中的酸楚,其他的,也是全顾不得了。可以说,林妹妹脸上堆的是笑,但内心中完全是醋!黛玉和晴雯吃醋的模样很真实,也很可爱,一点也不厌人,倒是十分地有情趣。

《红楼梦》中几乎没有人是不吃醋的。刘姥姥表面看起来傻头傻脑地奉承着东家,其实心里也是酸酸的,酸的底质是苦;焦大酒后说连大观园里的石狮子都不干净,其实也是在吃醋,焦大的酸的底质是愤。鲁迅说焦大肯定是不会爱林妹妹的,我看倒不一定,焦大是连吃醋的资格都没有,因此一激愤就大声嚷着醋太酸,典型一个"吃不着葡萄就说葡萄酸"。

《红楼梦》中真正不吃醋的似乎只有薛蟠。薛蟠身上似乎有一种"现代愤青"的影子,"愤青"们是不吃醋的,因为他们心随肉走,酷爱金钱,玩世不恭,吃喝嫖赌。

好男儿在厨房

烹饪是一门艺术,这似乎是一种共识,所以我说烹饪的人是要有艺术感觉的。在很大程度上,烹饪时所需要的艺术感觉与创造艺术时所需要的艺术感觉是相通的。从客观上讲,男性所具有的艺术感觉和创造力较女性强。因此可以肯定地说,男人更适合烧菜,无论是当职业厨子还是业余在家烹饪。

男人的创造力和能量更强,这使得他在烧菜时更具有一种开拓精神,更有一种创造力。女人烧菜有着很大缺陷,女人太细腻,太专注,太保守,太死板,细腻有余而大局观差,所以女人烧菜往往缺乏一种独特的味道和个性,比较平淡。女人也不善于反思,在烧菜上往往改变很少,进步不快。所以一个家庭往往会出现这种情况,母亲一辈子只会烧几个拿手菜,而这通常是她当姑娘时学的。

而男人天生就是做菜的。男人不守规矩,创造力强。这种特点在其他方面还有可能用错或者无用武之地,但用在烹饪上却是恰到好处。男人可以日日精进,将他的聪明才智都发挥在厨房里。而厨房,是男人智慧、想象力、性情发挥的最佳场所。而且在厨房里,男人还可以锤炼自己的厨心、厨趣、厨艺、厨品。这些厨房里所必要的东西,与人的人品、性情、处世原则等,都是相连相通的。《老子》说"治大国如烹小鲜",这话从两方面理解都对,如果菜烧得好了,治理国家就变得容易了。那与烧菜的"理"是一样的。

喜欢烹饪的男人还比较有情趣,有责任感,有一种比较平和的心态。如果一个男人愿意在厨房里待着,那么他一定是一个比较优秀的男人。而男人一旦拿起锅勺,女人也会变得温存起来,女人也有好性情了,好女人就是这样形成的。

换个角度来说,这世界乱的,一天到晚泡在外面有什么意思呢?还不如待在家里烧烧菜。一个愿意待在家里的男人,一定是个不俗的男人。

在银河公园纳凉

夜晚在银河公园纳凉,有风轻轻掠过,很是舒畅。抬头居然可以看见三三两两的星星。在城市的上空,我已经有很长时间没看到过星星了。在与星星对视之后,心里竟有些感动,绒绒的,感到湿润和温暖。

人是需要经常凝望星星的,也需要星星的凝视。

《三国》

中国古代小说总是拙于表现人心,历史书籍也是这样。这使得中国历史看起来总像是纲纲常常,只有各种各样的事件,缺乏心理和人味;也像是一盘有着影像的电脑游戏,当中的每一个人都没有内心,没有私生活,只有程序控制的行动,而一些能充分体现"人味"的动机却被忽略。比如说《三国》中写曹丕与曹植的争夺,都以为是为王权而斗,其实应该还有一个原因,那就是曹植可能与曹丕的老婆也就是自己的嫂子甄氏有染。甄氏是一个才貌双全的美人,她原先是袁绍的儿子袁熙的老婆。曹操攻打邺城的真正用意也是为了这个美丽的甄氏,但被曹丕占了先,孟德便不好再说什么,便让曹丕娶了甄氏。

在曹操父子当中,曹植无疑是最多情的,他显然爱着甄氏。

曹植所写的《洛神赋》，很明显就是对甄氏的"移情"，因为文中的"洛神"梳着"灵蛇髻"，那是甄氏独一无二的装扮。这一点曹丕肯定也能看得出来。至于曹植与甄氏有没有真正的"一腿"，那倒没有证据，但暗恋是明显的，暗恋也会让人不舒服，所以曹丕就找一个"碴"，将曹植给摆平了。

唯一可惜的，是美人甄氏。女人们在男人们争夺的空间里，就如同砧板上的鱼肉，要被红烧或者清蒸，那是一念之间，一怒之下，甚至还可以被丢进垃圾桶里。

历史并不难懂，它也是现实。几千年永恒不变的，是人心。对于历史，如果以人心和人情为出发点，它就离我们很近了。

雨中的外滩

上海的商场

上海的商场也喜欢迟睡迟起。9点半,徐家汇街头仍是冷冷清清的,大商场都没有开门。因为人少,徐家汇看起来更像是国外城市的某一地段。而商场在没开门的时候,就像是一座座死气沉沉的堡垒。很多人是因为没有事做,才去商场避暑的,比如我,又比如我旁边一个操着东北口音的大嫂。

一直到10点,商场才将门打开。售货员都排在那里恭敬地迎候你,并且认认真真地看着顾客。这真有点难得。只要再过几分钟,这些每日工作在穿梭不息的人群中的售货员,就会像她们旁边的塑料模特一样,恐怕是对谁也懒得正经瞧上一眼的。

徐家汇的商场真是漂亮,人也多,像一锅很稠的放着红米、黄米和蓝米的彩色的粥。港汇商场很有点北安、东安广场的味道,又大,又洋气。我在里面转悠了一个多小时,看得眼花缭乱,什么东西也没买成,倒是不自觉地又挪到卖书的柜台上,碰到几本好书,便情不自禁地拿下。

在商场门口遇到两个卖望远镜的,听口音像是安徽的。他们缠着几个西亚来的阿拉伯人用英文讨价还价,年纪大的用手势比比画画,而一个年纪轻的竟然说着简单的英文。当然,结果是年轻的轻而易举地推销出去了好几个望远镜,而年纪大的只好用一种很嫉妒的目光看着他的小老乡。知识就是金钱,在哪儿都是如此。

太阳又毒又辣,我拎着一大捆书从徐家汇走向八万人体育场,书死沉死沉的。如果从旁边的高楼大厦上看下来,我就像是一个背着米粒的下等蚂蚁。当然,我的旁边还有其他种类的蚂蚁。

晚上看书,睡得极迟,早晨起来睁开眼睛,眼睑竟有一种裂帛的声音。好像眼睑打开,全身的关节都啪啪作响似的。

在外滩

外滩的夜景真是漂亮,灯火透亮,一派俗世的繁华。最光华的地方当属浦东,东方明珠、金贸大厦的灯光在半空中闪烁,灿若银河。浦东是现代无比的,就像一个个新新人类,拼命地展示着自己的青春和骚动。而浦西这边庄重的石头房则不声不响地躲在一片光华和璀璨之中,像一个个有着历史的贵族,无奈而漫不经心地面对着这一切喧哗和骚动。对于外滩来说,光华灿烂只是强行披上的一件艳丽的外衣,而它的眼神、动作和表情都是孤寂落寞的。也像老人,非得让他们披红挂绿参加某一个盛装舞会,虽然面子上的东西是华彩的,但面容和内心却依然如旧。城市的外观就像一个人的穿着,如果想深入了解,那是非得跟他说话,观察他的言行,才可以揣测他的思想真正了解他的。

夜景一般都比白日好。因为欠佳的东西往往被夜色遮掩住了,露出来的都是好看的。这一点跟国画中的留白有点相似。夜色就像女人,是很懂得省略和隐藏的。同理,晚上的女人也比白天的好看。

我在外滩看得心花怒放,后来索性花 10 元钱在黄浦江边租一个座位,一个人坐在那里安静地喝可口可乐。外滩的神韵就像满世界的灯光,没有谁能捕捉得住。此时此地的主角是华彩的灯光,城市和河流算什么呢?只是灯光下面的背景。

建筑和河流对灯光无可奈何,历史对现实同样也是无可奈何。

晚上 9 点半时突然一阵暴雨,将外滩上的人海撵得烟消云散,我在太阳篷下目睹这一场"哗变",心里竟有一些幸灾乐祸的惬意。然后黄浦江在雨中渐渐地升起一片白雾,城市的氛围在雨中悄然静谧。打电话给西区的一个朋友,她诧异地问:"你那里下暴雨吗?我这里什么也没有啊。"想想也怪,巴掌大的地方竟然

"东边日出西边雨",也算是这个不太幽默的城市搞笑的一面吧。

上海人

  我从来不认为上海这座城市富有小资情调。从本质上来说,上海人应该是最平民化的。这座城市的绝大部分人都生活得非常实在,不懂幽默,也很少超脱,有的只是让人肉麻的滑稽剧。以公交车为例,街上2元标价的空调车空空荡荡,而普通公交却人满为患,黄花鱼一样挤着许多衣着时髦的妙龄少女。上海人面子上的小资,其实只是一部分人的故作姿态。有人就揶揄上海人,跟外国人接触久了,感觉自己也沾了洋气,全中国的人都变成了"乡下人"。比如上海的出租车司机在知道你是安徽人后,会不自觉地来一句:"你们乡下的生活还好吗?"

  上海最有情调的当属淮海路一带,现在的衡山路即是代表。衡山路两旁有高耸的梧桐树,不仅仅是挡住了阳光,似乎连声音都挡住了,显得格外宁静安谧。两旁装饰精美的酒吧和茶吧,都是由原先的老洋楼改造的。街灯亮起来的时候,如果街上偶尔空旷得连一辆象征着年代的小汽车都暂时没有的话,便会感到时间在那一刹那突然倒退,三四十年代幽暗地降临。这时候会看到什么呢?当然是一个背景,一个仿佛从月份牌上走下来的乱世佳人身着旗袍款款行走,而后回过头来,莞尔一笑,时间便变得虚幻了。

这当然是幻觉。不过我真的听到鞋跟叩击街道的声音。这当然是我的鞋跟。我的鞋跟在街道上敲击时有一点像勃朗宁手枪的声音,清脆好听。一条能让人听见自己鞋跟声音的街道,给人的感觉就比较温馨亲切。我一路欣赏着街道两旁的各式酒吧、茶坊、咖啡屋,看奇装异服的红绿男女进进出出,一走就从南走到北。足足有好几公里的路程。

　　"情调"是什么?就是到达不拘泥生活的层次,可以虚幻地美化生活。而小资更多的只是一种富足程度。人类毕竟不是动物,光是为吃喝而生存着,应该自己哄自己玩,自己逗自己乐;也会自己哄自己玩,会自己逗自己乐。

面向大海　春暖花开

在金石滩

飞机在渤海上空盘旋的时候,我就已经嗅到海的味道了。那是一种清新和馨香,夹杂着一股不算浓烈的腥味。海真是有着诗意的,诗意得很博大,所以所有的描写都不是描写,只是发泄。所以我不敢描写大海,一描写,就成了发泄。

不过大连金石滩的海是真漂亮,是一种深蓝,就像是吕克·贝松的电影《碧海情》当中的海。这才是真正的海。我住着的房间阳台上可以看到不远处的海,一片湛蓝,也可以听到海浪拍击岸的声音。这样的感觉就像是《西游记》里生活在灵台方寸山的须菩提祖师,宁静而惬意。我原先只是在宁波普陀山看过海,但普陀山边海的颜色像长江,是一种淡淡的黄色。我在宁波曾经对海有过一种深深的失望。

我是很少被一些东西感动的,但我还是被大海打动了。在大海边,我呆呆地坐在那里,我搞不清为什么会喜欢大海。我是被大海所感动吗?也许不是,我只是被自己内心暗藏的一种东西所感动。

一下午脑中都是海。晚上无事,仍想看海,但月黑风高,海和天空抱成一团,不愿意见人。我便来到了宾馆里的酒吧,偌大的酒吧竟空无一人,调酒小姐一个人在酒吧里傻傻地看着《还珠格格》。酒吧很有情调,有台球,有飞镖,感觉就像在某一个外国电影中似的。我打了几杆台球,又掷了几次飞镖,还是没人进来。

在酒吧里跟调酒的女孩闲聊,看《还珠格格》的女孩都是单纯的,她说她是最后一晚在这里工作了,明天就准备职辞了,这里太寂寞,她希望能去一个热闹一点的地方。我很理解她,年轻就应该喜欢热闹,热闹意味着元气足,有一股浓烈的人味;不像寂寞,有着一股孤清的鬼味。

回到住的地方,听一个大连人用东北话讲了一个有关海的段子,非常有意思。说是海旁边有一对渔民兄弟,20多岁了,仍没有娶亲,终日里靠着打鱼过日子。有一天海边来了一个时髦女郎,看见这么美丽的大海,兴奋无比,便让兄弟俩带她划船到海中去。于是兄弟俩尽心尽力地带着美丽女子去了大海,到了一个美丽的小岛之后,女子更是兴奋,就说自己太高兴了,也没什么可感谢的,就想陪兄弟俩在这海滩上乐一乐。兄弟俩有些腼腆,但更多的是兴奋。于是在阳光沙滩和海浪中,三个人幸福地完成了海岛风流。

第二天,女子告辞了。从此之后,没有了音讯。很多年之后,兄弟二人的头发白了,胡须也脱落了,身体也不灵便了。有一天,弟弟叹了一口气,对哥哥说:"你还想着她?"哥哥也长叹了一口气,说:"她真漂亮,该不是海螺姑娘吧?"弟弟又说:"我们都是要作古的人,我们再也不想她了,好吗?"哥哥看了看弟弟,点点头。然后弟弟说:"哥,我们把它取下来,好吗?"哥哥又点点头。于是兄弟二人低下头来,取下了一直在身上数十年的套套。

段子说完之后,没有人笑,只有一片沉默。这个段子让人禁不住有一些伤感,我不知道别人是怎么想的,反正在一段时间里,我的心情有点郁闷。

猛　男

上午车载我们到金石滩转了一圈。在黄金海岸,一个同行者面对辽阔温柔的大海,终于禁不住诱惑了,顾不上秋凉,扑通一声跳进了大海。他壮硕的身体在海水中翻腾,像一头白白胖胖的"海狗"。我们在岸上快乐地大笑,连声嚷着"猛男"。但海我们是不敢下的,就乘上快艇。快艇在碧蓝的大海中驰骋,像一只浪漫无比的水鸟在超低空飞行。

下午3时独自又来到海边,海一望无际,风很清,海蓝得竟有一副温馨的神态。我捧起一点海水,尝了一口,海水真咸,但感觉竟不是咸,而是鲜。对比大海,人真是一个渺小无比的东西。但此时意识到自己的渺小,竟然没有沮丧,反而有一丝愉悦。大海真大,我自甘渺小。

我注意到脚下的礁石上有一只小螃蟹在悠闲地嬉戏,它才不管海有多大呢,只要自己快乐就行了。

海子曾有诗:面朝大海,春暖花开。这真是绝句,坐在秋天的海边,我顿悟"春暖花开"的真实含义。春暖花开不是季节意义上的,而是一种美丽的景象,开放在自己的心中。

晚上仍看着电视上的法国服装台,漂亮无比的模特在 T 台上走着猫步,一个个魅力四溢。我到几个房间转悠的时候,发现大家都在看这个台,看台上各式美女,狐狸精一样妖冶地开放。名义上是服装台,实际上谁在看服装呢?都是在看各色美女。就像钱钟书所说的,中国人请吃饭,名义上是请吃饭,实际上哪是请吃饭呢?是请人吃菜喝酒,菜和酒才是主要的,吃饭只是个由头罢了。

由此看来,服装也是个由头。当然,这样的"由头"还有很多。

自古美人一条路

模特表演晚会

无事跟朋友观看了一场模特表演晚会,大败胃口。这些模特的档次都不太高,只是衣服穿得稍少一些。现在的女孩子似乎不太爱动脑筋,只喜欢表现身体。很多模特比赛即是如此,虽然水平不高,但报名踊跃,全省各地的花瓶趋之若鹜。这些花瓶身体笨拙,肢体僵硬,对表演也缺乏理解,漂亮得如同塑料人,目光也游离不定,像一个个不伦不类的衣架。

这些女孩子年龄也小,还在上初中吧?骨架也没硬朗,只是纤细,不是细杨柳,都是嫩竹竿。所以在T台上,只看到一个个没有长好的少女如小鹭鸶一般强作性感地走着猫步。

女人一般是喜欢自我欣赏和被人欣赏的,所以她们一般都喜欢选美之类的活动,充分表现自己的容貌和魅力。女权主义者一般都是长得比较难看的女子,因为难看也没人看,所以干脆就不要人看,也排斥人看。自尊背后是自卑,伤心男人的无可救药,也伤心女子的自甘堕落。

女子小脚史

因为无事,索性顺着昨日的情结,翻看了一些有关中国女人的生存发展史。知道女子缠足之风起源于五代时期。原先女子是不缠足的,但到了五代,缠足便成为一种风气了。我怀疑这些是由于唐朝"元气"大盛的否极泰来。唐代是一个元气很满的时代,比如说李白的诗,动不动就是"千里江陵一日还",气势很是宏大,很阳刚,有一股很满的"元气"。而到了晚唐,"元气"不足了,也不被欣赏了。一个极端便转到另一个极端,于是风花雪月儿女情长的词出现了。这时候的审美,便由健康的丰硕之美转向病态的颓废之美。比如说李煜,就是一个在"病态美"当中诞生的罂粟花。缠足的开始,正是女性美的观念从丰硕之美向纤柔之美转化的产物。北宋中后期,特别是南宋之后,缠足更加风行,这与宋代那种萎靡不振的精神状态有着极大的关系。自此之后,社会上便开始崇尚瘦弱柔媚、病弱愁怨的病态美,女人也成了家养的宠物。

缠足终于在元明之后弥漫于全社会。

我一直认为缠足的风气对汉人的体质有着相当的影响。汉族人在缠足之前本来是健壮的,也是孔武有力的,起码在唐之前是这样。那时诸如贾宝玉之类手无缚鸡之力的酸书生很少,绝大多数人都是能文能武的,比如说孔子、李白等。到元明之后,由于女子缠足,女子便变得不再健壮了,母亲的身体不好,生下的儿子也可想而知了。小脚女人的儿子怎么能打得过大脚女人生的儿子呢?所以汉民族在后来一直遭受外族的欺负。由此推理,我想缠足可能是对汉族伤害最大的一种习俗。

化简为繁

张爱玲在《更衣记》中说,中国服饰在细节上历来是过分地注意,"古中国衣衫上的点缀品却是完全无意义的"。"袄子有'三镶三绲''五镶五绲''七镶七绲'之别,镶绲之外,下摆和大襟上还闪烁着水钻盘的梅花、菊花。袖上另钉着名唤'阑干'的丝质花边,宽约七寸,挖空镂出福寿字样。""这样不停地另生枝节,放恣,不讲理,在不相干的事物上浪费了精力,正是中国有闲阶级一贯的态度。唯有世界上最清闲的国家里最闲的人,方才能够领略到这些细节的妙处。"

张爱玲是在批判中国的衣饰,实际上这种极端讲究形式的风气普遍存在。中国饮食同样也是这样,铺张滥用,尤其讲究细节,注重排场,是一种人为的化简为繁。

中国的饮食文化可谓是博大精深。但博大精深的另一面就是饮食文化的繁文缛节异常丰富。跟中国人的性格、喜好一样,中国菜有着一种大红大绿大紫的俗艳,元气足。从审美上说,是过于"满",而不是"张弛有道";是"加法",而不是"减法"。真实地说,我对中国饮食文化的很多东西不以为然,这如同我对中国文化中的很多东西不以为然一样。在中国饮食文化中,有很多东西完全是一种毫无意义的铺陈和粉饰,比如宴席的一些规矩和风俗。就菜肴而言,很多是人为地将之弄得非常复杂,完全忽略了它本来的一些东西,比如味道,比如营养。中国菜人工痕迹太重,重视佐料,不太讲究本味,一道简单的菜往往要经历很多复杂的烩、炒、煎、炖的过程,从原汁原味上早就不是如此了,吃来吃去,往往都是佐料的味道;或者味道混合得太多,让人感到味道的混乱和不清晰。在制作上,很多菜过于讲究形式模样,雕花镂空,煎爆炖煮,一派艳俗的风貌。

一个过于讲究形式和排场的人,在内心总是缺乏实质内容和自信的,缺乏一种坚定的人生方向;同理,一个过于讲究形式和排场的国家,即使表面上庄重和严正无比,其实也是空虚和胆怯的。

生活中有很多东西还是自然一点好。日本有一句禅语说:春天我们吃黄瓜。这才是一种简单而纯朴的生活。在春天,最好的食物就是自然馈赠的黄瓜。相比较于简单的生活,我们的那么多繁杂的饮食形式真是一点实质意义都没有。

继续研究

仍在家里"穷追猛打"中国的"小脚史"。

自缠足的风气形成之后,很多文人跟在后面耍帮闲,一副捧臭脚的德行。李渔即是这样,他认为女人的小脚"瘦欲无形,越看越生怜惜,此用之在日者;柔若无骨,愈亲愈耐抚摩,此用在夜者"。清代文人方绚就更够无聊的,他专门写了本品评小脚的"专著"——《香莲品藻》,对妇女的小脚不厌其烦地进行描摹、品评和赞美,可以算是"小脚"的"圣经"了。这些都是在欧洲大兴理性和科学的同时代进行的。中国的民俗更是"无厘头"地"瞎起哄",山西大同就有两个"小脚会",一个是六月六,叫"赛脚会",那天妇女们往往对自己的小脚精心修饰,穿上极为考究的绣鞋、罗袜,走在大街上让人看;还有一个是八月中秋的"晾脚会",妇女们更近乎露骨地展示着自己的小脚:将自己的身体藏在自家门帘里边,不让外人看见,却把一双小脚伸向门外,任游人观赏品评。这样的风俗,现在看来真是让人啼笑皆非。

各地还有一些咏叹小脚的歌谣,真可谓肉麻到家,试摘一首:"粉红脸,赛桃花,小小金莲一把抓。等到来年庄稼好,一顶花轿娶到家。"

风俗一旦形成了,也就无法抗拒了。在这样的背景下,女子的理想是什么?就是"蹂躏"自己,然后嫁一个金龟婿,"天生丽质难自弃,一朝选在君王侧"。相比较而言,现在女子的境况就要好多了,起码不需要蹂躏自己,只要美丽被承认,就可以变成商品待价而沽了,并且完全不必在一棵树上吊死。

无意中还看到一个有关"守宫砂"的注释:相传,用丹砂喂养壁虎,它会变得通体通红,将它捣烂,抹在宫女身上,这种红色便一直跟随着处女身体,但如果宫女跟男人发生了性关系,这红色就会很快消失。

我一直对于中国历史上一些神神道道的东西持鄙夷态度。这些东西可以"玩",但千万不能"被玩"。从现代医学角度来说,"守宫砂"明显是一个弥天大谎,但这弥天大谎的东西肯定会唬住不少少女,因为惧怕,所以不敢。也让无数女孩子尚未体味到人应该体味的东西,就离开人世。生命的意义是什么?就是体验。生命的遗憾是什么呢?很简单,就是不曾体验。

庄严是一种愚昧

上了贼船

这个世界谁都说自己上了贼船,都对自己的人生现状不满意。我的一个朋友,一位名牌大学的博导居然也这样说,他说自己真是无奈何,上了贼船,一辈子只写一些谁也不看的所谓学术论文,要写一些有才气的东西,已是不能,一辈子只能这样下去了。按照他的性格,这倒是他的真心话,他的确是想创造的,创造属于自己的东西,而不是低着头在那里拾人牙慧。

这种"贼船意识"颇有点像男人心中的"红玫瑰与白玫瑰意识"。张爱玲写道:"娶了红玫瑰,久而久之,红的变了墙上的一抹蚊子血,白的还是'床前明月光';娶了白玫瑰,白的便是衣服上沾的一粒饭粒子,红的却是心口上一颗朱砂痣。"张爱玲的是较雅的比喻。

晚饭后散步时看见一个胖女人在遛一只硕大的狗,那狗健壮且老实,温敦得就像是一头猪。女人牵着狗在人行道上慢吞吞地走,就像是春天傍晚乡野大道上一个农夫牵着一头种猪。

绝代佳人

作家池莉有一个短篇写得绝妙,短篇的名字叫作《绝代佳人》。说的是一个小知青有一次迷路,又困又乏,但遇到一个老知青,老知青给她炒了一盘菜,菜的名字叫"绝代佳人",实际上就是秋天的茄子炒辣椒。小知青感到从没有吃过那么美妙的菜肴。在此之后,无论她走到哪里,这都成了她心中永远的情结。原因有四:一是这个菜不是人炒的,炒菜的人是一个据说已经死去了的老知青,也就是说小知青当时遇到的,是老知青的鬼魂在给她炒菜。二是小知青吃菜的时候已经是饥肠辘辘。三是茄子和辣椒都是打过霜的嫩素菜,真正的"秋天的绝唱",并且从地里到锅里,距离很近,最最新鲜。四是在炒菜中蕴藏着老知青对新知青的一腔爱意。所有的一切糅在一块,这盘"茄子炒辣椒"当然是绝妙。

池莉的这篇小说有着很强的传奇性,像是《聊斋》或者是《谐铎》里面的故事。但此小说好就好在它的传奇性上,传奇性使得此作品别有一种玄妙——文学的东西我们就不说了,还是谈吃,这样的"茄子炒辣椒"命名为"绝代佳人"绝不为过。

那个时代什么东西吃起来都香。因为那个时代人们的味觉特别狰狞,饥肠也辘辘,人生猛得就像是一头头道貌岸然的狼。现在有关老知青的东西也多起来,北京和新加坡都有一些七十年代怀旧意味的餐馆。前几日无事时看电视,知道合肥现在也有了这类东西,客人们一边在"生产队""贫协会"之类的包厢里吃着土菜,一边看台上的傻丫头们跳着"忠字舞",不知道那里有没有"茄子炒辣椒",如果有,我想肯定也没有了"绝代佳人"味道。虽然电视上说饭店里的火是木柴烧的,但茄子和辣椒可能都是大棚里的,至于那四点因素,时也势也,恐怕早就时过境迁了。

所以池莉的题目还有另一层意思——那样的"茄子炒辣椒",真是前无古人,后无来者。

生病了

前天被流感击倒了,这两天吃了很多西药丸,也不见效,一直咳嗽不止。下午索性自己开了个药方,到中药铺里抓了点中药。因没有处方笺,只好将药方胡乱写在稿纸上。进了飘满药香的中药店递上稿纸,抓药的小伙计问:"怎么没有处方笺?是哪个医院的?"我慌忙解释,这是我自己开的,没有什么大不了,只是治感冒。伙计用一种狐疑的目光看了看我,又瞅了瞅药方,说:"药都是有毒的,不能乱吃——怎么这么重?"我解释说现在的中药药性偏弱,有很多都是种植的,不是野生的,所以要下重一些。

我开的药方是：杏仁 10 克，麻黄 3 克，贝母 10 克，甘草 5 克，桑叶 10 克，百部 10 克，款冬花 10 克，陈皮 12 克，半夏 10 克，沙参 10 克。

我的药方有点乱，因为咳得腰腹都疼，我是不管三七二十一，将能治咳嗽的药都用上了。实际上治咳嗽还有一种药相当不错，那就是地龙。地龙就是蚯蚓，能够清热、定惊、平喘、通络，据说配紫河车也就是人的胎盘，共同研细粉内服，治哮喘效果奇佳。我不敢吃这味药，因为我对这个东西心有余悸。

晚上用陶罐煎汤服下，早早休息。

中　药

今天感冒明显好转，我知道那是我昨天胡乱药方的结果。对于感冒、发烧、肠胃、呼吸道等病症调理，中草药还是相当有效的。但我一直以为中医是农业社会的一种东西，它是模糊的，最大的弱点就是缺乏精确和细致，对很多东西缺乏更深入的追究、分析和归纳。中医有很多东西只是整体和方向上的正确，缺乏的是严谨的实证，所以要想再上一个较高的层次，也就比较困难了。

实际上中医反映的也是国人的一种思维习惯，国人在处事上靠感觉和经验的成分比较多，"理"的成分不深入也不细致。这同样也是农业社会的毛病。毕竟，中国一直是农业社会，官是农民的官，医是农民的医，习惯与传统也是农民的习惯和传统。

当然，凡事马虎的我也是中国诸多农民中的一个。

无事翻闲书。元马致远的散曲《天净沙》是最著名的一支小令，只有简短的几句话："枯藤老树昏鸦。小桥流水人家。古道西风瘦马。夕阳西下，断肠人在天涯。"

我在大学时所读的《中国历代文学作品选》解释说，作者是把九种不同的景物巧妙地组织在一个画面中，渲染出一派凄凉萧瑟的晚秋气氛。我记得老师解释"瘦马"为"瘦弱的马"。但今天我读的书说："古代扬州一代将买卖的女子称作'瘦马'，而且一直有着传统。"清人章大来《后甲集》上就说："扬州人多买贫家小女子，教以笔札歌舞，长即卖为人婢妾，多至千金，名曰'瘦马'。"以此看来，马致远小令中所云"瘦马"以买卖女子的可能性相当大。这样的解释，最起码在诗中是成立的，并且能使诗中的情景更加凄凉。因为是买卖人，就更可想而知了。

古代为什么要为那些女子取名为"瘦马"呢？我想可能是因为那些贫穷的女孩子都较瘦，且都是用来当妾、当妓被人"骑"的，所以就称之为"瘦马"了。

很多古词汇，后来都不用了，以致现在普遍缺乏词汇。比如说"小姐"，现在都不敢叫也不愿被叫，因为有歧义了，所以真应该再发明一个词，用来作为专业词，省得"假作真时真亦假"。

帽子一戴嘴就歪

看相的

晚上在环城公园散步时遇见一个看相的老头,见到我连称:"我好几年都没有见到像你这等好相的人!"死活要拉着我给我说上一通。对于看相,我一向都没有太大的兴趣,但不想扫那老头的兴,于是便站在那里由他胡说八道。前几年我曾专门读过很多本有关麻衣看相之类的书籍,我不太相信那些死的文字和教条。这些书籍当中,我觉得曾国藩的《冰鉴》不错,很有借鉴意义。《冰鉴》不是以死的条文来看人,而是琢磨人身上的气质和心理。看相,应该是观察人心才对。曾国藩有一首诗极有智者风范:"富贵看耳朵,正邪看眼鼻,功名看气宇,事业看精神。"如果把相貌看得很死,让死的东西与活的东西相连,一教条,便肯定会离真理很远了。

《礼记》的《五经解》中说:"洁静精微,易之教也。"这是孔子整理《易》之后所作的结论,这要求研究《易》的人必须摒除功利的态度。又说"善《易》者不卜",也就是说,真正懂得《易》的人,是从不算命的。孔子还说《易》的流弊是:"其失也,贼。"这真是一句非常正确的话,所有给你看相算命的人,都长着一副贼头贼脑的模样。我眼前的这个看相老头,就长得獐头鼠目,行为猥琐。

中国人的相书是针对中国人而言的。如果对照中国的相书给西方人看相,所有的西方人都不是好面相。这就从另外一面证明了相书的不正确。西方人的面相与中国人的面相是不同的,西方人越长越清晰,轮廓越明显;中国人越长五官越模糊,到了后来,往往转为一团和气,成为一种氛围。

比约克

冰岛女歌手比约克(饰塞尔玛)的歌就像是一边在冥想,一边在兀自吟唱。那属于一种灵魂的舞蹈,或者干脆就是"黑暗中的舞者"。在电影《黑暗中的舞者》中,那个女人面对命运的一系列恶作剧,不仅坦然受之,并且还发出了会心甚至是开心的微笑。观看这部电影的时候,我好几次被打动,眼泪都流了出来。

抄一首歌词吧,比约克的眼睛终于彻底地瞎掉了。那时她走在火车道边,阳光突然在她眼前消失,她的心里遭受了晴天霹雳,但她突然破涕而笑,边跳边唱那首著名的歌《有什么好看的》(火

车隆隆声中,比约克扔掉了眼镜):

我都看过了,我看过树林

看过柳枝在春风中摇曳

看过一个男子被他的好友杀死

人生还没有过完就提早结束

看过我的过去也知道我的未来

我都看过了,没什么可看了

(伴唱)你没看过大象和秘鲁

(比)我很高兴还有更重要的事

(伴唱)可看过中国,看过万里长城

(比)撑得住屋顶的墙都一样好看

(伴唱)可见过你未来的丈夫,未来的家

(比)老实说我真的不在乎

(伴唱)可见过尼亚加拉大瀑布

(比)我看过水,瀑布也是水

(伴唱)艾菲尔大铁塔、帝国大厦

(比)我第一次约会时脉搏跳得更高

(伴唱)你享受过抱孙子的乐趣吗

(比)老实说我真的不在乎

我都看过了,我看过黑夜

我看过一点火花放出的光亮

我看过我的选择,我的需要

有这么多,再要就贪得无厌了

看过我的过去也知道我的未来

我都看过了,没什么好看了

(合唱)你都看过了,所有你都看过了

都可以在记忆的屏幕上重现

光明与黑暗,硕大和渺小

你要记住,你都不需要了

你看过你的过去也知道你的未来

你都看过了,没有什么可看了

比约克最后说:"我看得见。"

我理解,不是眼睛看得见,是心更明亮了。

买肉买到外婆桥

有很多食物是味随世变。比如说猪肉,现在的猪肉怎么也不是二十世纪八十年代以前的味道了。二十世纪八十年代前的猪肉味道是什么?是香、鲜、韧,并且稍微地有点甘。甘不是假的,那时的猪肉就是在吃了老半天后还有着口齿生香的甘甜。

二十世纪七十年代最吃香的职业是什么?是屠夫。这点是新新人类们无论如何也想象不出的。当年屠夫走在街上都是一步三摇,仿佛踩鼓点,而满眼看到的,都是笑脸和恭维。人怕出名猪怕壮,凡人就爱卖肉郎。

存在决定意识。不服不行啊!那时的中国是票据时代,什么都是定量供应的,居民的猪肉供应量是每月二两五,小孩还依情况酌减。所以买到肉以及吃上肉的那一天往往就成了中国普通居民一个月的节日。还有一个专门的单位,就是管理那些卖肉的,叫食品公司。进食品公司的可不是一般人,那都是根正苗红,最少也得是个中农富裕中农吧。

买肉通常要起大早,子夜 2 点起床,也不一定能赶到先。我父亲常在买肉的前一天把我家中四个人的肉票,叠在一起,又摸索出口袋里的毛票和块票,然后放在买肉的竹篮里。我和哥哥悄悄留心着父亲的举动,知道解馋节就要来到。我们能彼此听到咽口水的声音,就像一颗石子,跌入了幽暗的深井。一整晚我们都会翻来覆去,眼睛在黑夜里闪烁着饥饿的绿光。

排队一般是凌晨,但真正地卖,那要等到上班的时候,所以队伍一直要沿着街边排到旁边的大桥边。这样的情景就叫"买肉买到外婆桥"。等一寸一寸地挪动着脚步好不容易走到摊点面前时,往往是日头高悬了。到了窗口之后,照例是先干笑几声,递上一支烟,手指一下,颤颤地说一声:"麻烦你给来点瘦的。"但卖肉的往往瞥也不瞥你一下,哼一声,锋利的刀一拐弯,一刀布满猪皮的褶皱肉裹一下稻草一扎就扔过来了。或者是骨头占百分之八十以上。你刚想表示点不同意见,后面排队的人就会嚷嚷起来,快走快走！买肉,跟卖肉的不熟,悻悻地窝着火走人吧!

还有更离奇的事:父亲的朋友姚叔叔有一回排了 5 个小时,好不容易到了窗口,里面扔出一堆肉,是冻的。姚叔叔洗的时候仔细一看,上面还盖着印戳,上写"1964 年战备"——天啦,离买肉的那一年足足有 11 年。大姚后来说这 11 年历史的肉纹理极糙,油性尽失,嚼起来像是干透了的稻草。吃完之后竟有恐怖的感觉,让人情不自禁想起《新闻简报》里的长沙汉代马王堆女尸!

吃不到猪肉也想着猪啊!因为缺油水,似乎听到猪叫都感到亢奋。最喜欢做的一件事就是看人杀猪。一帮人将猪死命地绑起来,猪一边挣扎,一边拼命地叫唤。旁边一口大锅咕嘟咕嘟地烧着开水,烟雾腾腾。一个大木桶放在一边。等猪被抬上案板了,杀猪的便将一把锋利的尖头刀磨磨,吹一口气,然后一下刺入猪的喉管。猪长啸一声,死命挣扎,然后声音渐弱,当血水流满一个小木桶的时候,猪便安静地睡着了。我们爱听猪叫的声音,就像听到美妙的女高音独唱。

那时候是没有注水肉的。猪放在桶中烫过之后,刮完了毛,便在猪脚上划一个小口。屠夫的肺活量真是好啊,死命咬着猪脚,几口大气,便能将猪吹得圆滚滚。我认识一个姓丁的年轻屠夫,更有一手绝活,先是憋口气,然后一口长气能将一头两百斤的大猪吹得大了一倍。人没有绝活可不行。什么叫真功夫?这就是真功夫。

然后就是开膛破肚。把猪吊在木头架子上,一刀划下去,五脏六腑哗地一下落下来,像一座小山,热烘烘的气味臊人。然后杀猪的就一块一块地分割。猪腰和猪心照例是撂在一边。等到所有的工作都忙完了,杀猪的接过东家递过来的工钱,歇下来,抽会烟,然后提着猪心猪腰什么,或者是一对猪耳朵,地动山摇地走了。只剩下我们看着他的背影,暗吁一口长气,没有什么其他的想法,羡慕呵,羡慕得连眼球都是红的。

剽悍、勇敢、风光,吃香的喝辣的。你知道我童年的理想是什么吗?就是当一个杀猪的屠夫。

林青霞

在报纸上看到林青霞到上海的照片。50来岁的人了,真是美丽,甚至可以说比年轻的时候还美丽。漂亮只是面上的东西,而美丽由表及里。林青霞年轻的时候漂亮清纯,而现在,真是可以称得上美丽动人了。

在我们身边,似乎很难找到一个堪称美丽的50岁女子。很多林青霞这么大年纪的人,不说是半老徐娘,干脆就是明日黄花了。我认识许多年轻时漂亮清秀的女子,多年不见之后,一个个惨不忍睹,不只是面容变了,最重要的是行为做派全都无所顾忌。有很多女子一结婚,就以为世界上再没有秘密了,也不知道收敛,好像一个个思想解放得很彻底,再不懂隐藏,于是也就没有美了。

林青霞的老公说,林青霞更衣的时候从不让他进去,想必林青霞是一个很注意完美的人,她懂得什么时候隐藏,也懂得什么时候开放。

在咖啡馆

记不清是谁说的了,一座城市最漂亮的女人都在咖啡馆里,看来真是如此。我在咖啡馆闲坐的时候,眼前有好几个女子都相当漂亮,也相当有气质,她们或呷茶轻抿,或莺声燕语,或者干脆优雅地点起一根烟半隐在黑暗之中。她们端坐在咖啡馆里,浑身上下散发着一股咖啡的神秘和芬芳。

冷静之后便想,这些女子之所以在咖啡馆里显得格外突出,主要是因为"场"的缘故。在咖啡馆,灯光是暗的,女人通常在幽暗的灯光下总显得格外漂亮,咖啡馆装潢也好,女人在这种环境下总是显得很精致。当然,女人漂亮的真谛在于会隐藏,只要是露一半留一半,女人肯定美丽动人。在这一点上,女人就像是中国画,要空白留得好,点睛恰到好处。同样的道理还有穿衣,三点式比基尼的出发点不应是"露",而在于"遮",一个半遮半掩的女子肯定比一个一丝不挂的女子诱人。

这餐饭是朋友请的,朋友升官,请吃饭,然后去咖啡馆坐。我们都开他的玩笑,说帽子一戴嘴就歪,自此之后,就变成歪嘴和尚念歪经了。

遍地都是武二郎

维也纳新年音乐会

看维也纳新年音乐会。今年的维尔纳音乐会由小泽征尔指挥。很多年不见,小泽明显地苍老了。电视里,一个白头发的小个子老人站立在座台上翩然起舞,他的演出风格也变得平和优雅多了,有了幽默,少了一些早年的激越和亢奋。新年音乐会的整个基调仍是轻松和愉快,在一种隽永的情绪中,新年无声地滑入了。西方这种迎新的感觉很像是欣喜中的几分无奈,有一些面对落花流水的平静。不像中国,"爆竹声中一岁除",每到年关,只听到炮仗在寂静的寒夜里噼啪炸响,单调而空乏,苍白的激越中似乎埋藏着几分强作欢颜。表面上轰轰烈烈,其实内心完全是空的。

好的音乐不仅使人内心宁静,而且身体也感到舒服。音乐在某种程度上是应该用身体去听的,它是属于感官的,不要用理性和思想去认识它,去解释它。音乐能使人接近和了解自己的身体。

指挥在某种程度上就是节奏,是一首曲子的神韵。他是在用自己的身体表明曲子的内在节奏,然后让大家从他的形体中找到音乐的感觉。小泽在台上,就是一个上下跳动的音符。

当代文学

收到朋友 B 的来信,朋友在国外从事中国文学研究工作,在信中,B 说:"当代的中国小说尽量少看。"他解释说,二十世纪,中国文学的贡献,纵的,根本无法和《红楼梦》《金瓶梅》《儒林外史》比;横的,也无法和西方比,几乎是交白卷。大概也只有《围城》《传奇》及汪曾祺的一些作品可以传世。一些所谓"主流作家"的东西更是经不起时间的洗涤,只有一些踏踏实实写东西的人留下了一些较好的作品,比如说钱钟书、张爱玲、汪曾祺等。二十世纪中国文化可以说是历经磨难,五四新文化运动的意义,现在又在重估;在很长时间里,中国文学一片空白。直到二十世纪最后 20 年,开始进行浓缩性补课,不过作家们心中的杂念太多,急功近利,缺乏耐心,因此也没有特别好的作品。

想到另外一个人对中国文学的评价,好像是李陀吧,他说中国只有好作品,没有好作家。我的看法也是这样,过去的作家都是时代的传声筒,而现时作家们普遍精神高度不够,人格上也有缺陷,缺大气的智慧,多小气的聪明,一个个贼精贼精的,像一个个写字算钱的商人。

美女文学

无事操起手边一本杂志,上面登载了网上的一篇"美女文学",并配了一幅美女的可人照片。由照片勾起了胃口,于是耐心地读下去,慢慢地感到胃酸增多,到了后来,胃一阵痉挛,差点呕吐出来了——一个蹩脚的婚外恋故事,平铺直叙,幼稚而肉麻,且毫无美感,给人的感觉就像是吞吃了一只死苍蝇——仅仅是一个不算太漂亮的"美女"所写,又发在网上,所以就热炒起来。这个世界,哪门子事呢!

现在"美女热"算是一种潮流了,凡是美女都能引起人们的注意,有了眼球率,也就有了经济效益。有经济学家发明了一个专业名词加以概括——"美女经济"。中央二套前些天也曾连续一个星期地播放一个"美女大奖赛",从预赛一直到决赛,收视率惊人。那些走来走去的丫头都能算美女吗?我看不算,只能算是一大把"青豆芽"加上一小把"黄豆芽"。

现在的商家为了促销,真是将所有的手段都用上了。金寨路上一家小商店,为了多卖东西,打出了"商店倒闭,商品大降价"的横幅,一拉就是半年,也没见到商店真关门。今日又不知从哪儿弄来洋鼓洋号在吹打,一点倒闭的气氛都没有,倒是像一个商店在开张。

美丽的烹饪女子

好莱坞电影 Women on Top(《女人在上面》)怎么看都是一部烂片,但由于女主角是由佩内洛普·克鲁兹(《我的母亲的一生》主角)扮演,使得这部片子一度冲到全美电影排行榜的前几位。由此可见,人总是抵御不住美丽的诱惑,人人都有着"好色之心"。

克鲁兹在电影中扮演一个电视节目主持人,主持烹饪节目。她美貌无比,也烧得一手好菜。在电视中,她烹饪的姿态优美而高雅,迷倒了无数观众,也正因此,这一档原本很平常的节目也变得空前红火。男人都幻想和渴望得到这样的女人,不仅外貌闭月羞花,而且还能烧得一手好菜。一个漂亮的女人已经是够迷人的了,如果再会烧一手好菜,哇,那简直如大熊猫一样珍贵了。

女人好像能烧一手好菜的很少。西方的我不太了解,但在中国,古代的大厨师比如说易牙、伊尹等都是男性,好像没有什么有名的女厨师。现在的情况可能更是如此,不仅饭店里满是男厨师,在家庭中好像也多是男人系着围裙在掌勺。连中央电视台主持烹饪节目的也是个"歪头斜脑"的新好男人刘仪伟,想必中央电视台的制片人不是不想找一个貌如章子怡的女子做节目,但这样的话会太脱离生活,而且恐怕踏破铁鞋也找不到一个既美丽无比,又会烧得一手好菜的女子。这样的女人,在当今的中国,恐怕已是相当难觅了。

值得一提的是电影 *Women on Top* 中的克鲁兹却是从家中逃出来的,因为丈夫太过花心。这样的男人真是瞎了眼,碰上这样一个才貌双全如七仙女般的好老婆,却不知道珍惜,这不是一个"浑球"又是什么?

喝 酒

晚上一帮朋友聚会,五个人三斤酒,居然轻轻松松地就下去了。脸红脖粗之际,我们都自夸是武二郎再世。其实又何止是我们几个人呢,现在可谓是"遍地都是武二郎",大街上所走的爷们,随便捞一个出来,也是半斤酒轻巧巧地下去。喝酒不醉方为"仙",一喝就醉只做"鬼"。从这个意义上说,古时候的武二郎和花和尚,充其量也只是酒鬼罢了,哪里比得上今人的潇洒自如呢!

后来在一起闲坐,偶尔谈起了北京人和上海人的性格和观念。一个朋友便说了一个段子,说是有一个上海人到北京去游玩,在一个胡同里迷路了,便问角落上一个遛鸟的老大爷:"老师傅,请问怎么才能出胡同?"结果老人一下子暴怒,脸涨得通红,大发雷霆:"谁是老师傅?啊?谁是老师傅?"上海人见状不好,怎么也想不明白如何得罪了老者,就想开溜。没走几步,回头一瞧,老人气得倒下了。上海人无奈,只好把老头送到医院。一阵抢救之后,老头醒了,见到上海人仍是来气。上海人怎么也想不明白呀,这时候老头的儿子在边上说了一番话,让人恍然大悟。老头的儿子说:"咱爸咋是老师傅呢？他是厅局级干部！刚刚退的,心情正不好呢！你喊他老师傅,真是哪壶不开提哪壶！"

合肥人都是活雷锋

上班了

年终于过去了,现在可以拿起笔来写我的日记了。凡是过分渲染得欢喜热闹的东西,往往在实质上带有一种悲剧感,因为人们在潜意识里总想以一种喧哗与热闹来掩盖真正的落寞。也许每年的春节对于孩童们是欣喜的,但对于成年人来说,就像是一个打扮得花枝招展的讨债鬼,即使是再漂亮,照例还是要搜刮一笔财富回去。

春节期间最讨厌的是觉睡不好,也吃不好,疲惫得好像一天一个马拉松。所以每逢过年结束上班时同事见面,互相看着都形销骨立,尤其是女同事们,怎么瞧都有点"古墓丽影"的感觉。

合肥人

在合肥街头,我可以很轻易地分辨出谁是合肥当地人,谁不是合肥当地人。合肥当地人走路比较慢,他们往往一边走路一边东张西望,他们说话的声音很大,脸上堆满笑容。合肥人会主动地跟别人打招呼,在公共汽车上先奋勇抢上一个位子,然后让座给后面的老人。当然,合肥人最大的长处是站在街角的某一处,耐心地向外地人解释着道路的方向,不厌其烦。

在一个地方住久了,连猫呀狗呀都有着一个地方独特的气息。合肥当地人买菜便宜,在菜市场,我往往心怀鬼胎般地跟着一个合肥老大妈模样的人,她在前面买,我在后面捡。这样我就可以买到比平常价格便宜近四分之一的菜。心花怒放时我就真切地感觉到:"合肥人都是活雷锋。"

唐　装

很多时候,我们总是不知不觉地着了媒体的"套"。比如那些唐装在身的中年人,总有着乱赶时髦的嫌疑。他们在马路上昂首阔步,感觉就如同一个穿长袍马褂旗袍的老外,或者如当年的阿Q将大辫子盘在头顶,上面插着一根竹筷。这当中的反差主要是由于人的精气神与衣服的风格不一样——中式服装最突出的风格是温良敦厚,堂皇富丽,走路三步一摇。而现在的时代精神与节奏呢,是优雅洋气,是快捷简便,或者干脆就是朴素自然。不说其他的,现代人的脸部表情与古人也大不一样。古人是平静而自得,而现代人则是恐慌和疲惫。在这样的背景下,唐装即使炒得再热乎,也只可能是一头热的剃头挑子,那都是热在纸上的。

而且我们这些从阶级斗争时代过来的人,一看印着福禄寿的唐装,十有八九都有着一种条件反射。远远地望去,唐装一片生财和气,但只要距离一近,怎么都觉得有一点吃人不吐骨头的阴险。

今天我在商之都闲逛时,果然见到唐装在那里"大跳水",现价只有原价的四分之一,而且无人问津。唐装是为了弘扬传统。美国人如果弘扬传统,让大波霸碧姬·芭铎穿上鸡罩似的大连衣裙,不知会是怎样的一幅情景。

人们对于衣裳最好的感觉是什么呢?是亲切。如果有一件衣服能让你感到亲切,那么那衣服就适合你了;同样,如果一个人能让你感到亲切,那你就找对他(她)了。

美人与菜肴

中国民间文化当中,总有一点"意淫"的成分。这话好像是鲁迅讲的。在中国的菜肴当中,以美人命名的有不少。瞧着那么多"美人"四肢大卸着端上桌来,品尝着"美人"的味道,舒畅之余,的确是暗藏着一种幸灾乐祸的阴暗心理。

西施故里诸暨有一道点心叫作"西施舌"。就是以水磨糯米粉为包,加上枣泥、核桃肉、桂花等十几种材料拌成馅心,然后放在舌形的模具里压制成形,汤煮或者油煎即可。这种点心颜色如皓月,香甜爽口。

上海名厨独创了一种菜肴,它是用肥嫩的母鸡作为主料,用葡萄酒做调料,成菜后酒香浓郁美味醉人,称作"贵妃鸡"。

传说昭君出塞之后吃不惯面食,于是厨子就将粉条和油面筋泡合在一起,用老鸭汤煮,甚合昭君心意。于是后来人们便用面筋、粉条和肥鸭烹饪成菜,称之为"昭君鸭"。

俗名的"泥鳅钻豆腐"还有另外一个名字,那就是"貂蝉豆腐"。以泥鳅比喻奸猾的董卓,泥鳅在热汤中急得无处藏身,这时才将冷豆腐放入,"董卓"便钻入冷豆腐之中,但最终还是逃脱不了被煮的命运。这样的方式跟貂蝉有什么关系,只有天知道了。

意淫实际上也是一种"移情"。从"男女之欲"转移到"口腹之欲",不知道这是否算一次"升华"。有些东西太珍贵,无法暴殄天物。比如说"西施""昭君",看一眼就是人生的福气了。这样一来,化虚为实,"移情"下来,过一过口瘾还是可以的。这可能是中国菜肴中有那么多"美人名"的重要原因。

段　子

听到一个段子,是调侃女网虫的。一个乞丐来到美容院,老鸨不耐烦地说:"你来干吗?"乞丐说:"我找又老又丑的还不行吗?"于是老鸨大声嚷道:"王翠花,别老上网聊天了!快来接客!"

北京的秋天

在赛特和燕莎

服装也是有着"帝国主义"的。我指的是那些国际名牌。在赛特或燕莎购物中心,那些帝国主义的服装高悬在那里,不像是在做生意,更像是在抢钱:一件春秋衫要 3000 多元,一件马夹要 2000 多元,一双鞋则超过了 5000 元。"店大欺客"就是这样,我看那些漂亮的售货员在骨子里对观光的客人有着一种极端的不屑。在燕莎或者赛特,每一个自食其力的劳动者都充满着极端的自卑感。

生活就是这样,总有一些人有着怨气,现在轮到我们了。但奇怪的是燕莎或赛特的老外并不多,大多数都是跟我一样光看不买者。在赛特,我只看见一个女老外带着她洋娃娃似的小女儿在闲逛,她们两手空空。而在上午,我在日坛附近的秀水市场看到成群的老外在那里讨价还价。其中还有那些身强力壮的"国际倒爷"像骡子一样扛着成捆的服装。我知道那些衣服将运往罗马尼亚或乌克兰。秀水市场之所以大受老外的欢迎,没有别的原因,就是那些伪名牌便宜。

名牌是什么?就是,质量+虚荣心。天下人的虚荣心是一样的。国外没有"秀水市场",不是老外不想搞,而是有人不让搞。

在东安广场

在王府井的东安广场瞎吃。先是要了一碗牛心牛肺什么的,黑乎乎的,有一种不知名的异味,吃了两口便放弃了。又点了爆煮牛百叶,那百叶真像是刚从牛腹里扒出来的,有一种热烘烘的骚味,硬着头皮吃了大半碗,肚子里感觉到百叶在蠕动,只好再次放弃了。

我吃东西的地方叫作"北京一条街",在东安市场的地下一层。上面的商场里全是琳琅满目的现代商品,异常华丽。传统的东西终究敌不过现代商品,于是便如古董一样被逼到楼下去了。法国有句谚语说:"世界越变,变得越相同。"果然如此。除去越来越多的一样的高楼大厦不说,在北京的街头看,中国人长得也越来越像老外了。

晚上风很大,我在秋风萧瑟的长安街上一个人走,灯火金黄,落叶沙沙,别有一番情境。

北京人

在王府井新华书店买了本《老北京的生活》,回房间粗粗地翻阅。想北京人的气质既是平民的,又是贵族的,或者说是破落的贵族的。北京人身上有一种"一览众山小"的气质,绝不傲气,但又十分傲骨。也可以说是经历了太多的世事更替,见得太多,也变得"油"了,也转化了。所以不管世道怎么变,"吃喝玩乐"的兴趣却有增无减。这些"吃喝玩乐"的艺术,是北京民俗文化的一个重要特点,从中是可以窥出北京人内在精神的。

在东来顺与一小朋友吃涮羊肉。到底是正宗名牌,羊肉显得特别嫩鲜,进了嘴就化了。烦心的事也就是那些,无非是前赴后继罢了。小朋友说起了她的婚姻大事,别人给介绍的,一时找不到感觉什么的,但又心有不甘。我只好劝了她几句。她一时兴起,想拉我去见见那小伙子。我开玩笑说你弄张照片寄给我吧,全身的,我只要一看,基本都在掌握中。

婚姻就是赌博。女人是不好赌的,但也不得不把自己押出去。押出去不知结果,但肯定能赚个小孩。

这样说是不是尖刻了点?

晚上给李打电话。她的电话注销了,看样子真是一出家不回头了。不知在江西那个僻静的庙宇中,她是否能够把心安下。放下电话,呆坐半晌。

在硬石

在燕莎附近的一家名叫硬石(HARD ROCK)的咖啡厅小坐。这是一家美国人开的咖啡厅,在北京只有一家,非常有名。据说北京的一些名流诸如赵汀阳、张元、吴祖光包括那英、臧天朔等也经常来坐坐。硬石的布置相当独特,墙上挂满了美国历代歌手的照片、金唱盘以及吉他什么的。在我的座位旁边,就有好几张猫王的照片,那眼神怪怪的、邪邪的,一副反叛和不羁。

美国人的风格就是不羁。硬石也是这样,表面上看都是无序的,却有一种和谐在里面。咖啡厅的侍应生也很自由,他们竟可以把头发养得很长,嘴里嚼着口香糖,全无对客人的惶恐和敬重。其中有一个侍应生长得活像臧天朔,膀大腰圆,剃着个光头,走路晃着肩膀,活脱脱一个打手模样。但他观察得很细致,你杯子里稍微没水了,他就会晃晃悠悠地走过来,给你加水。

也许美国文化就是这样,表面上粗犷,实际上却细致得很。想一想他们的肯德基、麦当劳风卷残云一样登陆中国,也不是没有道理的。你可以不习惯他们的风格和味道,但他们的东西做得,的确让人挑不出刺来。

我实在不喜欢摇滚,但我喜欢在硬石的感觉。

男人四十就变鬼

"情花"之毒

朋友 A 自远方来,不亦乐乎。围坐吃饭,酒酣耳热之际,他谈起了近况。他说这几年之所以销声匿迹,是因为中了"情花之毒"了——朋友曾是个有点名气的青年作家,前几年离婚之后漂泊到北方一座城市,认识了一个 20 出头的女大学生,双方共租一间四合院,如沈三白和芸娘,夫唱妇随,弹琴鼓瑟,过起了琼瑶阿姨小说里的梦幻生活。

A 的一席话,半真半假,但真是撩拨到满屋子 40 岁男人的命门了。一时间一片唏嘘哀叹,都有着一股酸酸的醋意。40 岁的男人其实是最软弱的,都有着一种无头苍蝇的焦躁和困惑。40 岁之前,男人一般充满修成正果的元气;而到了 40 岁之后,时光不再,赌资匮乏,转而势利现实,便一个个变成了混浊精明的"鬼"。

40 岁的男人是说段子的,阴气初现,只能在幽默中找到安慰;20 岁的孩子完全不用说段子,一腔元气,幽默都是可有可无的。

男人四十就变鬼

还是在想有关 40 岁的问题。人一到 40 之后,很多想法就变得相当实际了。就像围棋的中盘,这时候大模样都形成了,就拼命地去占实地。所谓"五子登科"什么的便油然出现。林语堂说,40 岁的男人都有一种"低飞"的功能,就是这个意思。实际上不仅仅是男人,女人也是,20 岁的姑娘很少有为钱结婚的,而 40 岁的女人则很少不嫁给钱的。

40 岁的男人一般都渴望爱情而不相信爱情,至于 40 岁的女子,有相信爱情的吗?反正我没有看到过。

糜烂的餐饮

我曾写到过中国饮食文化的化简为繁。总而言之,中国的饮食文化是属于俗世的、带有元气的东西。相比较其他一些国家在饮食上的惊世骇俗,中国的饮食文化要健康和中庸得多。

比如说 1959 年,法国女画家梅雷·奥本海默就在她的一场题为"春天宴会"的晚宴中将这种糜烂发挥到极致。

这是一个月明之夜,当宾客们应邀来到奥本海默的客厅之后,乐队奏响,四名侍者推来了一辆用白布蒙住的餐车,然后两条长长的侍者队伍来到客厅,每个侍者都端着盛满各种鲜艳食品的托盘。最后,奥本海默上场了,她打扮得像一个大厨师。在众目睽睽之下,只见奥本海默揭开那辆餐车上白布的一角,竟露出一个女人的脚,她开始从两边的侍从的托盘上取下漂亮的食物码放在这双脚的周围;然后奥本海默向上挑开白布,依次用食物码上胴体。到"水落石出"之时,人们终于明白,白布下躺着的不是食品,而是一个活生生的裸体女人!

一道"大餐"终于完成。然后侍从们退去,奥本海默做了一个"请用餐"的姿势,人们在惊悸和兴奋中开始了这场盛宴。

日本的历史和文化中,常常有一种严重扭曲的、带有极端变态的东西。这些东西往往被赋予一种幻想的意味,因而被当作一种极端美而津津乐道。它阴鸷而执拗,渗透在日本国民意识当中,也渗透在日本人的审美情趣当中。比如说三岛由纪夫、川端康成、谷崎润一郎的小说,比如说日本的武士道精神、相扑运动,比如说电影《失乐园》《感官世界》……当然,这个话题离我们的"五味芬芳"已比较远了。

段　子

听到一个段子,非常好玩。一个外星人来到地球,先到了北京,北京人看到之后立即反应:"这家伙该不是布什派来的间谍吧?"到了上海,上海人看到之后打起了小算盘:"如果把这个家伙逮起来,关在笼子里,卖门票让人们参观,应该能赚不少钱。"到了广州,广州人见到之后大流口水:"多么美味的一道菜呀!"到了温州,一个温州人悄悄走上前,问:"你们的星球上什么东西好卖?可以去开店吗?"

最后外星人到了合肥,一个合肥人看见了,大声叫道:"哈,看到你太好了,我们正好三缺一,走,去'斗地主'!"

杨丽萍

看《艺术人生》朱军对杨丽萍的访谈,这一期节目做得尤其好。杨丽萍真可以说是达到一种大境界了,她对人生的理解、对一些东西的认知,她所呈现出来的平淡和宁静的气质,让人怦然心动。

一个人要成大器,他的认知以及个人的境界是最重要的。拼到最后拼什么?是在拼人格的力量。认知和境界是"大师"和"匠人"区别的关键。艺术的最高标准是什么?就是找到了"和谐",而创作者也要达到"和谐"。舞蹈和其他所有艺术形式一样,都是通"神"的。比如说邓肯,比如说洪信子,还有乌兰诺娃以及努里耶夫,都可以说通过舞蹈达到了一种相当高的境界。只要达到这种境界,他们便会感到,自己的身体已不属于自己,只属于一种和谐。

下午来到西山公园散步,正是雨后天晴,在自然的怀抱里,人们都变得放松安详。一阵轻风拂过,树上的槐花飞絮一样飘落,没有落英缤纷的哀伤,倒有美不胜收的喜悦。

整日无心整日闲

看《卡门》

买了一盘DVD,歌剧《卡门》,卡雷拉斯主演,回到家后迫不及待地观看,看得好欢喜。先前对歌剧一直是有偏见的,认为歌剧沉闷而冗长,但现在知道了歌剧的好处,歌剧就像是小孩子的生命,喧哗而明亮,还有世俗的吵闹快乐,整个舞台喧哗得好像是过节,华丽、简单、朴素而饱满。当卡雷拉斯将一些"再见"等细琐的言语也用咏叹调唱出时,我不由得莞尔一笑——这样的情景,真是别有一番情趣。

这些又让我想起小时候,小时候看现代京剧,看着阿庆嫂、刁德一、胡传魁在那里斗智,不禁一个劲地替阿庆嫂担心,就站在那里唱,把心中的秘密唱出来,不是让刁德一听见了吗?——现在想起来,这样的儿童思维方式,的确直观好玩。

西方的歌剧还有着极旺的人气,有生趣,不像中国戏剧的脸谱化,首先将人物概念化了,然后就是演绎着概念,黑脸的人永远忠诚,白脸的人永远奸诈,红脸的人永远耿直。其实世界上的人哪有这样概念化呢?都是一个复杂的组合体,有时候连自己也不明白自己。再有的就是中国的戏剧有着很重的官味,走路一步三摇,一副装腔作势的派头。我一直以为有一些中国人爱装腔作势与京剧文化有着很大的关系。不知是戏剧影响了现实,还是现实影响了戏剧。

晚上和一帮文化界的朋友在一起吃饭,酒酣耳热之际,朋友们大谈哲学,大谈宇宙定律以及多维空间,萨特如何说,弗洛伊德如何说,把我听得云里雾里,便一直沉默。后来一个人问我:"什么样的写作才是一种方向呢?"我想也没想地回答说:"把文字写得有趣一点,至于其他的,去他妈!"

这话不是我讲的,是大作家王小波说的。

中国足球

报载,中国足球界准备展开一场深入的反思运动。据说,这是上面的意思。在世界杯上,相比我们的邻居日本、韩国,中国队输得一塌糊涂尽丧颜面;这些都不足以丢人,更让人觉得丢人的是,我们在输球后尽情诋毁邻居韩国队的辉煌。因此有人认为这是我们的国民性阿Q精神在作怪,我们就像阿Q,韩国就如同小

D,自己输给赵太爷可以,"但小 D 是什么东西呢"！于是便"手执钢鞭将你打"。

中国很多方面不如别人,其实是因为认识问题。我们总是在一些简单和常识性问题上犯错误。足球上如此,在很多其他方面也是如此。这几日看到报纸又在炒作姜文与"靖国神社"的事情,几个貌似进步的书呆子义愤填膺地声讨着姜文。其实姜文之所以去靖国神社,是因为他要拍反侵略的电影,想知道靖国神社是怎么回事。姜文素来跟日本法西斯有着刻骨仇恨,这点可以从他主演和主导《红高粱》以及《鬼子来了》可以看出。姜文怎么可能去参拜呢？况且,去了解和参拜完全是两个概念,这是连小学生都明白的常识,我们的媒体却在这样简单的问题上"偷换概念",然后抡起大棒舞向自己的同胞——如果在这样的事情上犯错误,只能说明我们犯得低级,也说明我们自己的低级。

七宗罪

天像火炉,关在家中胡乱翻书。《红楼梦》的第三十四回挺有意思——宝玉被打之后,命晴雯送了两块旧帕给黛玉,这黛玉体味绢子的意思,不觉神痴心醉,连写三首诗,以示抒怀。其中第二首有佳句,境界极高,一点也不像是黛玉写的:

抛珠滚玉只偷潸,镇日无心镇日闲。

枕上袖边难拂拭,任他点点与斑斑。

这第二句"镇(整)日无心镇(整)日闲",绝妙,比"浮生偷得半日闲"还好。但怎么看也不像是林黛玉这个小妮子写的,如果说是妙玉写的倒也罢了。这句倒像是曹雪芹的境界,一不留神,无意中赐给林黛玉了,由此也可见曹雪芹对林黛玉的偏爱。

看电影《甘地传》。想到甘地提出的今日七宗罪,很是一番感触,甘地的所谓今日七宗罪是:

1. 富裕但不劳而获。

2. 享乐但失去良知。

3. 有知识却没有品格。

4. 做生意而没有道德。

5. 搞科学但不知人文。

6. 信宗教却不懂牺牲。

7. 弄政治但没有原则。

老余终于打官司

高考状元

又到金榜题名时。看到一系列关于高考状元的文章,介绍的都是高考状元如何德智体美全面发展,爱好如何如何多等。这样的文章有多少可信度呢?很多都是事后的自圆其说和自我包装。其实很多高考状元的根本之处就在于能够排除干扰,爱好少,时间消耗小;再一个就是耐力强,可以一如既往不放弃。但这些东西放在桌面上都不太好听,因此等到拿到状元了,记者来采访,家人便自我标榜其爱好音乐、爱好足球等等,把记者唬得一愣一愣的。我的一个朋友告诉我,他邻居的小孩曾是某市的高考状元,他说那个小孩,在学习上面,活脱脱一个"老僧入定",心无旁骛,机械性极强,而他的父母,活脱脱学习上的"法西斯"。等到小孩中了状元之后,记者去采访,小孩也被打扮成"博闻强志,兴趣广泛"了,但小孩连五音都不全,一首歌都不会唱。

看上海乐团演出

中国的很多事情都是在补课,补以前落下来的课。比如现在竟有那么多人在喜欢古典音乐。又比如在今天,上海交响乐团在安徽大剧院一场仲夏夜的交响演出,竟吸引了那么多人前往,剧场内情绪热烈,气氛也不错,只不过有一些似乎是特别忙的人手机铃声不停地响,实在是大扫情趣,这就像一顿美味大餐中不断地发现一些老鼠屎。

上海乐团在世界上相当于什么水平呢?如果说爱乐乐团、伦敦交响乐团、芝加哥交响乐团等相当于英超和德甲,那么上海乐团只相当于中国的甲A球队,可能还不到,只有甲B的水平。因为中国的音乐与世界的音乐差距远远大于足球的差距,我们的水平只是相当于外国的中学生——但这样的中学生乐团,对于我们这些"文盲"来说,仍然让人欢喜无比。

上海乐团的指挥是一个年轻的女子,在指挥席上,优雅是够优雅了,娴熟也是够娴熟了,但我总感觉到她的分量似乎不足,气质跟不上,对音乐的理解也单薄;尤其是演奏交响曲时,明显地感觉到她的分量太轻。我不是一个对音乐很内行的人,但我想有很多东西其实都是相通的,比如说指挥,我总觉得就应是几十种音乐旋律中的一个点,一个无形化有形的连接点。对于一个指挥来说,一种魔鬼似的气质是极其重要的,只要他往台上一站,不仅是从技术上,更要从心理上摄人心魄,从而让人全身心地投入。这种魔鬼气质,似乎是音乐之外的一种东西,但又似乎是能决定旋律的一种无形的东西。世界上一些著名的指挥家,比如说卡拉扬,又比如说小泽征尔、巴比罗利等,似乎都有着这样的魔鬼气质。

仍然可以从足球场上找到佐证。比如说意大利那个光头裁判科里纳,之所以成为世界第一裁判,技术上已是次要的了,更重要的是科里纳具备一种魔鬼的气质,他能靠这种东西有效地控制住场上的局面,有一种王者的风范。

余秋雨打官司

报载,余秋雨教授要打官司了。这回的对象不是余杰,而是武汉的一个文艺评论家。我不由得替老余庆幸,这样也好,省得人们老是拿余教授开涮。

其实彻底地想一想,那么多人不时地骚扰老余,有相当多的,是出于嫉妒。你想,中国比老余有学问的人多得是,但为什么偏偏老余什么都得到了:名声,金钱,地位,美女?于是当然枪打出头鸟,再加上老余本身不太会处理关系,做人又张扬了一些,因此凭空惹了一身骚,也就不足为奇了。

说句公道话,老余的文章写得相当不错的,思想也比较深刻;

做人方面,也有学者风范。关于"文革"中的一些事情,当时全民族都是那样,作为老余个体,无可厚非。至于忏悔之事,那纯粹是老余个人的事情。一个人无权让另外一个人忏悔,在这一点上,小余(杰)完全是鸡蛋里面挑骨头,也是一种借机成名。

但老余的毛病在于太认真了一些,喜欢较真,你一较真,也就上别人当了。另外老余千不该万不该写那些《秋千架》之类的散文。我的一个朋友曾经痛不欲生地说:"当余秋雨感到苦难时,他的文章天下无敌;当余秋雨感到幸福时,他的文章不忍卒读。"

我的那个朋友在看完中央电视台《艺术人生》对马兰的采访之后,曾感叹说:"马兰的样子真是传统,就像一个贤淑的小媳妇。"

骑鹤下扬州

我曾在前面写到徽州的面点不行,原因是徽州人比较节俭,因男子大部分都出外了,家里的妇女和老人就更舍不得吃了。再加上徽州本地不太产面粉,对面食也不太内行,所以做得不好也情有可原。但徽州在外做生意的人大都是比较富的。因为富,所以也舍得挥霍了。明清时有"无徽不成镇"之说,那是形容徽州人在外经商的势力相当大。在扬州即有所谓的"旌德帮",也是徽商的一支,非常厉害。扬州徽州人尤其多,清朝李斗的《扬州画舫录》是一本绝妙的书,上面就记载有许多关于徽州人的故事。从书上可以看出,有许多徽商在扬州经商之时,在当地购置了田亩,盖了大屋,讨了小妾,于是便"乐不思蜀"了。

维扬菜与徽菜在很大程度上是有点相似的。比如说重火候,重油色,不甜不腻,等等,这也是维扬菜系与邻近苏沪菜的不同。我想这与扬州很多大户是徽州人有关。有什么样的客人,也就造成了什么样的菜味。扬州的小吃也非常有名,像蟹黄包子、蟹黄干丝等。当然,最有名的是蟹黄狮子头,做法是将蟹中的肉挑出,然后拣上等的猪肉剁碎,拌在一起,然后放在油锅里炸,这道菜味道特别鲜美。这当中有很大一部分吃客就是徽州人。所以说徽州人在外面还是舍得挥霍的。《扬州画舫录》中还有一个故事,是说一个穷书生与一个徽商家的丫鬟好上了,有一天徽商不在家,这个丫鬟便将书生私自带到主人家,给这个书生炒了一盘徽商经常吃的菜,名字叫作"韭黄炒肉丝",这肉丝选的是十头猪的面肉,也即是猪下巴上的肉,又嫩又鲜。书生从没有吃过这么美妙的菜肴,结果将自己的舌头都吞进去了。李斗这个故事有杜撰的嫌疑,但从故事中可以看出,在外的徽商是如何挥金如土。这与在家乡节俭如命的家人相比,真是天壤之别。

到处都是"娘娘腔"

看 相

一个小朋友带着他的女朋友来。事后,男孩打电话给我,让我正确而客观地评价一下女孩。我没有"正确而客观",只是提醒他看一下《麻衣相法》的某页所云:"娶妇问德,只要涩默而发肤馨润——涩者羞也,知耻慎重也;默者不多言也;体香发润者,德之润身也。""声清,色定,笑寡,步安,喜处凝无变态——凝无变态,喜怒不改常也,五者皆贤女也。"

我不是在鼓吹封建。《麻衣相书》中,绝大部分是唯心而没有根据的,但有另外的一部分,实际上是经验的产物。我列举的这一段就是有相当道理的:有羞涩感的人一般来说自省意识比较强,道德约束感也强一些;而皮肤好、音色好的女孩子一般性情都比较好,很少有暴躁乖戾的;至于"色定",主要是指举止上的落落大方，不矫揉造作。一个人的气质，往往是他修养的表现。有着良好气质的人，一般来说，修养自然是比较高的。

关于识人，实际上也是一种非常重要的技能。古代的《麻衣相术》、刘邵的《人物志》、曾国藩的《冰鉴》等，其实有很多都是经验的总结。一个人在这个社会上生存，识人是很重要的一件事情。所谓"识人无数"是有道理的，看人看得多了，自然也就有了鉴别能力，因为人毕竟也是分类型的，你看懂了某一类，也就明白了某一人。

但也有些人似乎天生地就具有识人的直觉。小时候我隔壁的一个大女孩尽管没有读过什么书，但她识人的本领却异乎寻常地准确，只要第一次见面，她就能说出那个人的性格特征，或者感受到那个人是否危险。但受到语言能力的限制，她的表达往往不太清晰。我们时常聚在一起，玩这样的游戏——我们坐在县城的街头上，谈论着一个个从我们面前走过的陌生人，然后试图解说他们的故事。

"娘娘腔"

现在的"娘娘腔"真多，也许是生活条件变好了，男孩子娇生惯养，不争斗，也缺乏力量，故而一个个变得女性化。上午参加一个会议，与一个男孩坐在一起，这个男孩子的举手投足如"人妖"一样，一边跷起兰花指，一边嗲声嗲气，让人感到浑身鸡皮。会议没完,我便逃出来了。

上个月到北京参加活动,一个据说是非常著名的形象设计师亮相,那个人也是一个典型的"娘娘腔"。他拖着一件淡蓝色的长衫,就像一袭长裙,文着眉,脸上搽着不明不白的东西,说起话来搔首弄姿,我们如坐针毡。

晚上看电视,频道扫过一个很著名的电视台的一个很著名的节目,那上面也有两个"小男人"打情骂俏,我连忙将电视关上。

霍洛维兹

买了一张有关钢琴大师霍洛维兹的 DVD,记录的是老霍 80 岁左右到美国录音的情况。老霍真是有意思,80 来岁的老人,内心如孩童一样透明,人也幽默,一下车,第一句话就是:"纽约太嘈杂了。"他在整个录音过程中仿佛是在游戏,他总爱像发现重大秘密似的告诉别人:"在这所有的人当中,我是最大的。"

老霍的夫人也很好玩,明显是一个爱抱怨的老太婆。在录音过程中,记者围着老霍问这问那,老霍兴致勃勃,霍夫人则在旁边冷眼相待,然后不快地嘀咕一句:"每次都是问同样的问题。"这一句话,让我看得欢颜大笑。

深夜时翻菲茨杰拉德的《夜色温柔》。菲茨杰拉德在书中有一句比喻非常好玩:"就像大学男生们一样毫无特色。"大学男生们"毫无特色"?想想也是。

情迷巧克力

《情迷巧克力》是一部非常好看的电影,法国女演员朱丽叶·比诺什主演。我几乎看过比诺什的所有电影。这个法国女人身上有一种非常独特的个性和魅力,我一直没有适合的判断,看完了这部电影,我恍然大悟,比诺什身上具有的,实际上就是巧克力的味道。

巧克力的发明者是美洲印第安人,它的主要成分是可可、辣椒、番椒、蜂蜜等,将它们混合在一起打浆,凝固起来就变成了巧克力。这些东西混合在一起竟有一种魔力,一种玄妙的感觉,它往往使人"情迷意乱"。据说在美洲,最初印第安人常常在痛吃一番巧克力后"群魔乱舞",然后集体群交。后来巧克力传到欧洲,欧洲也出现了"巧克力派对"。当然,这种派对就优雅多了,往往在阳光草地或者夜晚湖畔,绅士淑女们一边含情脉脉地嚼着巧克力,一边轻声叙说虚伪的情话。当然,这都是一些普通的巧克力,遇到一些劲道好的巧克力,也会使人情不自禁地脱尽衣服,将巧克力涂满全身,然后相互之间伸舌品尝。

巧克力给人总的感觉是情欲的,它不像茶那么冷静,也不像茶那样理性。巧克力就像是风情女人,有着风情和诱惑的双重意味;而茶更像是一个淑女,它的内涵只在心静的时候才能体味到。巧克力的味道缤纷无比,比如美国作家亨利·米勒有一次尝过的一块名叫"巧克力自杀"的巧克力,竟有着一种浓郁至极的死亡芬芳,米勒形容说:"给人的感觉如同自己被挂在熏肉厂一样。"而欧威尔在小说《一九八四》中也用了一个奇怪的比喻来形容一种巧克力:"暗褐色的易碎物,尝起来如同火烧垃圾的烟。"此外,巧克力还有一种抚慰作用,就像我们经常在电影中看到的场面,一个少女或者少妇在情绪低落的时候大嚼巧克力。那时候巧克力的迷幻作用有点像酒,而茶却没有这种功能,没有人在情绪低落的时候牛饮茶。巧克力这时候就有点像孤寂的风尘女子,那是可以大肆宣泄一把的。

在欧洲和美洲,真是存在着一种"巧克力文化"的,这种数百年的东西积淀着、游走着,就如同"茶魂"在中国人当中游走一样,那是当地人的灵魂。

去南京

酷暑高温到南京。南京夫子庙一带仍是人山人海。高温下的秦淮河畔毫无诗意,就像是乡镇的庙会。秦淮河最有诗意的算是什么时候呢?当然是春江花月夜、月上树枝头。

我的朋友 L 曾在南京客居过一段时间,他曾经有一段时间有事无事就往夫子庙跑,原因是他极喜欢一个在茶馆里弹古琴的女子。但这段侯方域与李香君的故事很快就无疾而终——女子不久就嫁给一个黑人去了美国。我的朋友郁郁寡欢。现在的夫子庙能找到一个李香君吗？恐怕连李香君是谁大家都不知道了。

朋友说最难忘的是有一次中秋,那一年的中秋之夜是个雨夜,天上没有月亮。朋友照例来到那座茶楼听琴。女子弹到高潮时,大雨突然停止,四周一派寂静,一轮明月破空而出,茶楼所有的人都变得满心欢喜。

第二天早上朋友见人便说,但谁也不曾看到月亮,都在抱怨中秋之夜下了一个晚上的雨。

朋友一直不得其解,那个中秋雨夜的故事,就像是一个传奇,留在朋友的心里。

法国段子

美国佬横行霸道在世界上都引起公愤了。在网上看到一个法国段子,是法国人揶揄美国人的——一个法国留学生来到美国,有一天这个法国留学生正在快餐店吃饭,对面正好坐着一个美国人。于是美国人便"挑衅"了,他看见法国人的盘子里有香蕉,便问:

"你们法国人吃香蕉吗?"

"吃啊。"

"吃完香蕉后香蕉皮干吗呢?"

"扔了。"

"我们美国人是不扔的,我们把香蕉皮制成香蕉粉。"

"制成香蕉粉干吗呢?"法国留学生问。

"卖到你们法国去。"美国人扬扬自得地说。

法国留学生不理睬这个美国佬,兀自吃饭。过了一会,美国人看见法国留学生在吃橙子,便又问:

"你们在法国也吃橙子吗?"

"吃啊。"

"吃完橙子后皮干吗呢?"

"扔了。"

"我们美国人是不扔的,我们把橙子皮制成橙子汁,卖给你们法国人。"

法国人有些气愤了,但他不动声色。过了一会,他平静地问那个美国佬:

"你们美国人戴安全套吗?"

"戴啊。"

"安全套用完干吗呢?"

"扔了。"

"我们法国人是不扔的,我们把它回收后做成口香糖,卖给你们美国人。"

掉毛的凤凰不如鸡

库娃来沪

网坛明星库娃来上海了。凡是新闻媒体,都大炒这样的消息,一个美女搅动了新闻界。其实我看库娃也是稀松平常,充其量也只能说是比平常人漂亮一些,比起好莱坞的那些绝代佳人来,要逊色得多。但库娃最主要的特点是健康阳光,像个邻家女孩,而且在运动场上摸爬滚打远比好莱坞的那些光彩夺目的女星真实。心理上的无距离,是库娃红遍天下的一个重要因素。

还有一个原因就是对比。看看库娃周围的那些女网选手吧,比如说达文波特,比如说大威小威,我的天,就像野兽一样强壮和凶猛。这也难怪人们喜欢库娃了,库娃跟她们在一起,总给人一种"美女与野兽"的感觉。

全世界网迷们都喜欢库娃,但库娃本身倒是深受其害。知道库娃为什么总得不到好成绩吗?是男人的青睐使她成了众矢之的,那些"野兽"只要一看到库娃,就会双眼喷火,恨不得一口吞掉她。

女人一旦嫉妒起来,往往力大无穷。

本帮菜

中央电视台的刘仪伟曾经说他最喜欢的是上海街头的小饭店,因为那里的菜烧得特别精致,味道也特别好。我也有同感,每次到上海,我总是喜欢在某一个街道选一个雅致的小饭馆点几个菜,来一瓶啤酒,然后静悄悄地吃着。这时窗外的车流人流便成为单纯的风景,有弄堂风从门口如猫一样悄无声息地钻进来,那感觉惬意极了。

上海本帮菜的风格不是大富大贵,而是家常亲切的。但它的家常不是随意,而是精致。从品质上说,上海本帮菜的材料一般都是比较寻常的东西,但上海人往往并不因为寻常而对它们随意处之,而是精心地加以调理和包装。这当中最能说明问题的就是一个特色菜肴:老油条炒丝瓜。这道菜没有其他的东西,只有老油条和丝瓜,这两样东西也是最贱的,但放在一块炒,吃起来却别有一番味道,颜色碧绿配金黄,也煞是漂亮。这道菜炒起来并不复杂,将丝瓜去皮,切成厚片或滚刀块,油条切成3厘米左右的段,将丝瓜用沸水焯一下捞出,然后坐锅点火倒油,放蒜、葱、姜末,煸出香味后放入丝瓜、老油条,放少许料酒、盐炒匀即可。这道菜炒起来是如此简单,但上海人恰到好处地发明了它。丝瓜与老油条都很寻常,但这两者组合在一起,就显得有一种不同寻常的和谐。

上海人是很聪明的,他们往往能够在各种各样的罅隙中找到自己安身立命的自由空间,比如说政治的罅隙、经济的罅隙、市场竞争压力的罅隙,从而小心而游刃地生活着。当喜好排场的广东人动不动就要吃鲍鱼捞饭的时候,当热情直爽的东北人一个劲地嚷嚷要吃炖"蹄肘"的时候,当夏天的山东人请客张罗要吃满盘大肥蟹的时候,或者如安徽人一样不可缺牛鞭烧甲鱼的时候,只有上海人精致地炒上一盘丝瓜老油条,或者来一点皮蛋拌豆腐,然后剥一点豆角,静静地呷一杯黄酒。与此同时,北京人会三两酒下肚,面如猪肝一样侃个昏天黑地,而满桌的菜肴却未见动筷。

有人说上海人是中国人中最会生活的人,确实是这样。这是一种气质,更是一种见识。

歌　星

朋友自小城来,言前几日一位曾经很有名的歌星到了那里演出,是跟一个三流草台班子去的。这个歌星,十几年前曾经相当红火过,上过中央电视台的春节晚会,但后来便人老珠黄淡出江湖了。那晚登台演出,也就是在县城里那个破烂不堪的剧场里摇摇摆摆,一脸的面疙瘩让人看着无比同情。据说穴头给她的出场费只有千元左右,而在十几年前,这个歌星的出场费曾达到数万元。

我的朋友曾在县城的小吃摊上看到这个歌星,不是她一个,而是一大帮演员挤在一起,叽叽喳喳,吃着并不美味的当地小吃。后来演出结束后,朋友看着那位昔日的著名歌星一个人落在大队人马后面,在夜幕之下拖着疲惫的身体走向旅馆,很有点郁郁寡欢,也有相当的落魄贵族的味道——毕竟,虎倒威尚在,只是,落了毛的凤凰不如鸡了。

我一直对演艺界很有感慨,这个行业的残酷性,远非其他行业可比,有点贴身肉搏的味道,成者为虎败者猴。虚假造势的成分太多,并不是真刀真枪的功夫。并且台上台下的反差太大,弄得不好,可以把整个人生搞得本末颠倒。所以这个行业有很多人都有着各种各样的毛病,要么自杀,要么变态,要么吸毒,要么傍大款,其实原因很简单,还是压力太大。

而对于流行歌手来说,由于可以一步登天,所以登天的路上拥挤不堪,有的就被活活挤落悬崖。想想中国的流行歌曲行业也是可悲,大陆的流行歌曲一般是在学港台,而港台的却是在学日本,日本的流行歌曲呢,是在学欧美。很多港台歌曲,活脱脱地就是日本歌曲的翻版,而日本不少歌曲却是从欧美剽窃过来的。这当中不明不白地转了好几道弯,我们的流行歌曲从业者实际上只是在充当着贩子的角色,想想现在红火的,只是一些"三道贩子"

"四道贩子"。

中国内地的流行歌曲水平,真不知落后欧美多少年。

我这么说,是不是太恶毒了一些?

午睡过后,在环城公园散步,秋日黄昏里落叶纷纷,浓密的树林里,一个老者瞑然独坐,就像是高凤翰的《老僧入定图》。

去了西湖

西湖的夜景真是漂亮,柔柔的,如水雾般朦胧,这是我极喜欢的氛围。夜晚乘一小舟荡漾在湖上,美中不足的是没有风,有些闷热,让人感觉有些缺乏轻盈。享受着西湖的良辰美景,情不自禁想酸上一回,但实在是想不出什么好句好词,只好在船上如呆鸟一样乱瞅一气。古人关于西湖的佳句已经用尽了,后人再来比喻西湖未免有点狗尾续貂,所以聪明人最好知趣一些。在过去的诗句中,诸如"总把西湖比西子,淡妆浓抹总相宜"之类的也是太过稀松平常,最好的,当然是张岱。张岱在《湖心亭看雪》中写道:"大雪三日,湖中人鸟声俱绝。是日更定矣,余拿一小舟,拥毛衣炉火,独往湖心亭看雪,雾凇沆砀,天与云、与山、与水,上下一白。湖上影子,唯长堤一痕,湖心亭一点,与余舟一芥,舟中人两三粒而已。"这种场面真是大境界,也真是纯粹,一点矫揉造作的意思都没有,所有的空白都在里面了。

物是人非,西湖夜景当然也没有了当年的那一番宁静,在湖心亭,一帮前卫的男女青年在大跳街舞。奇怪的是,尽管人声鼎沸,但感觉到西湖还是相当宁静的,毕竟西湖是有着千年功力的,三两个后生的喧哗和骚动,引不起西子的丝毫兴趣,好像连正眼都懒得去瞅一下。泛舟在湖上,听着船夫不停地用浙江话絮絮叨叨,他们的自豪之情溢于言表。这也难怪,西湖的确是美得惊人,整日生活在西湖上,就像生活在黄粱美梦中。

面对西湖,所有的文人骚客都有点自作多情的味道,我也不能免俗,一厢情愿,写着干巴巴毫无生气的鸟文字。

京　剧

京剧似乎总是自己唱起来要比听起来感觉好得多,我窗外的一个人,无事时总是自哼京剧,一副踌躇自得的模样。我想起清晨黄昏那些在街头自拉自唱的老头老太,尽管家中一大堆麻烦事剪不清理还乱,但只要京胡一拉起来,招式拉开,扯着嗓子一拐上几道弯,都往往有着三宫六院在握的十足派头。

有人说,中国的艺术是让人忘却生活,如酒一样让人腾云驾雾;而外国的艺术则是让你清醒地认识生活,如醍醐灌顶。这句话听起来似乎有点道理,中国的哲学就是模糊哲学,到了后来,追求至高境界是难得糊涂;而西方总是让人清醒,到了后来,进也不得退也不得,只好卡在半中央,痛苦得一塌糊涂。

连长相都是这样,西方人的五官是越长越清晰,到了晚年,痛苦和深刻都写在脸上,竟如雕塑一样有型;而东方的老人呢,是越长越模糊,长到后来,连面孔都变得依稀了,只剩下一派氛围。

下午乘1路公交车,车上一个小伙子对着手机大声说:"你不要急,我马上就到了,我正在出租车上!"弄得一公交车的人面面相觑,都强忍着不让自己笑出声来。

桂林山水甲天下

火车上

到桂林的时间真是长,从合肥到桂林的旅游专列足足开了24个小时,我们在火车上睡了吃,吃了睡,幸福和乏味得就像退休的老人。第二天清晨近3点,终于到达桂林,我们从睡梦中醒来,懵懵懂懂地跟着导游走下火车。站台上满是黑压压的旅游人马,旗帜各不相同,一支支队伍在站台上排好队,然后消失在桂林的夜色中。半梦半醒中,就像一支支攻打桂林的突击队。

小学生

白天在市区游玩了伏波山和彩蝶山。桂林的山很是灵秀,就像盆景,是可以赏玩的,但在气势上,明显地不如黄山。黄山的美在于有一种非人工的东西让人尊敬,腾云驾雾,有着难以说出的余韵。而桂林的山因为人工的痕迹太重,便让人尊敬不起来。秀是明朗的,是人气的,是可以把握住的一种美。而幽则不同,具有不可确定性,在鬼斧神工与人力之间有着很大的距离。

晚上,集体去了民族民俗村。因事先导游说男同胞要当心,少数民族村寨会拉郎配抢人去做新郎,所以眼见着男游客一个个兴奋异常,话也比平时说得多了。到了之后才知道民族民俗村也是稀松平常,先是一场民族歌舞演出,说是民族歌舞,其实都是一些专业演员在跳舞唱歌,演员们也不知道是哪个民族的。然后就是参观少数民族的村寨,高潮当然是被拉郎配参加婚礼了,一个个当了"新郎"的男人兴奋得不行。这样的方式虽然是游戏,但也暗藏浓重的"彩票心理",有一点占了便宜独自窃喜的感觉。我的一个同伴被拉郎配"结了婚、拜了天地",他高兴得连嘴都合不拢。我们都笑他,他快活地说:"不结白不结。"

我们的回答则是,结了也白结。

第一天的旅游就这样结束了。晚上躺在简陋的旅馆里,不由得莞尔失笑,有很多年没有这样的集体化了,我们戴着帽子,佩着袖章,迈着整齐的步伐,跟在导游的后面,就像一个个听话的小学生。

游漓江

乘游船顺着漓江上走,两岸华美的山峦像是妩媚的女人。

其实把景色形容成美人倒不错,起码会让人愉悦。而船上的导游却一个劲儿地背诵着拙劣的神话传说,然后让我们琢磨某某山像狗熊,某某山像白马,把好端端的一个游漓江当成了玩动物园,不免让人大败胃口。我一直不太喜欢这样的导游方式,这样的方式,把人们的智力都弄得低下了,就像是在逗一群幼儿园的孩子。而那些神话与传说,大都是当地那些品位不高的文人编撰的,实在无聊透顶,只是些农业社会的荒唐梦想。实际上人与风景的关系,倒不在于了解这个山像什么,或者是那棵树像什么,或者了解一些子虚乌有的传说,最重要的,是人在风景中感到自然的神奇以及体会人与风景的和谐。用一句简单的话表达,即是在风景中感觉到舒服即可。

由这样的表达方式,我不由得感叹,我们大众的思维方式,虽是纯朴,却是简单。所以当佛教传入中国时,曾引起了很大的震动,从某种程度上说,佛教与其说是世界观上的不同,倒不如说是思维方式上的不同。因为印度文化在思维方式上跟我们的传统文化有很大的不同:印度文化更注重本质,习惯抽象思维,思维方式就像是一把刀,一直刺到事物的最内核,也即"钻牛角尖";而中国大众的思维往往是浅层次的,不更深层次地思索,就是指的这个意思。关于这个问题,话题展开了,就是无穷无尽了,不说也罢。

游船一路上都播放着刘三姐的歌声,纯朴而简单,歌唱爱情、山水和劳动。这也难怪,在这样秀美至极的山水中,也谈不上其他的追求了,女人的最大心愿就是变成刘三姐,而男人则想成为阿牛哥。

下午到达阳朔。阳朔县的西街真是一个绝妙的地方,绝妙在于它的情调,两边都是酒吧,每个酒吧布置得都相当有个性和风格,就像是每片不相同的树叶。而大部分店主人竟然都是老外,这真是让人没有想到的。小街灯火露天的桌椅上,有许多中外游客坐在那里不慌不忙地呷着啤酒聊着天,身前身后都是秀美无比的青山,此情此景,让人顿生感慨。很明显,这些人是崇尚生活艺术化,将生活当作艺术来打造的。不像我们,总是生活工作化,变成一个个"工作狂";或者生活金钱化,成为追逐金钱的奴隶;或者就是生活他人化,总是离不开他人和集体。这是一种文化上的区别呢?还是一种层次上的高低?

当地人介绍说,这条街最妙不可言的算是夜景了,街边酒吧的椅子上坐满了客人,而且大都是老外。他们大都是在本地扎下根的,或者是男老外娶了当地的女子做婆姨,或者是女老外嫁给当地人做媳妇。他们一边呷着啤酒,一边春风扑面。那情景,就如同阿尔卑斯山下的一个宁静的小镇。

我极想在这个宁静的小城住上一晚,只可惜,按照日程,我们在下午就匆匆地离开了。

桂林人

游桂林的象鼻山、七星公园等。

仍在想着阳朔的西街。实际上人与一个地方的关系跟人与人之间的关系一样，都是讲究缘分的。比如说那些老外，为什么单单就喜欢上阳朔那个小山城，而且在那里安营扎寨呢？这样富有情调的由老外集体经营的小街，似乎在北京、上海和广州等大城市都没有，在黄山等风景更美的地方也没有。这不是缘分又是什么？

晚上，在桂林市区散步，看着夜景心旷神怡。桂林市现在已成为一个不夜城，不仅辉煌，更有绵绵情调。情调是什么？情调意味着拥有一种意味深长的东西，是立体的，不是平面的；是个性的，也是有风格的。情调也是品位的标志。灯光最美的当属漓江两岸以及榕湖一带了，用一个很俗的比喻就是：有一种如临仙境的感觉。

在大街小巷游玩，近距离地感受桂林人，比较综合的印象是，桂林并不太富，但人活得都很安静、很平和。看来，有水的地方，人的性情自然要安逸得多。

桂林的步行街也好，不宽，两边多是各式各样精巧的酒吧。走得乏了，我们便要了一杯啤酒，坐在街边，看人流轰轰烈烈地从眼前走过。

代　沟

　　乘专列返回合肥。多长了个心眼,买了几粒樟脑丸放在卧铺边,所以一直到合肥没有挨到跳蚤的袭击。想着去桂林时半途被叮得浑身是肿块,不由得惊呼跳蚤,当时一个20多岁的年轻人探过头来惊讶地问:"什么是跳蚤?"

　　什么是跳蚤?跳蚤就是跳蚤。什么是代沟?这就是代沟。

不及武夷一片云

自恋情结

每个地方的人对于自己的家乡都有着浓重的"自恋"情结。刚到武夷山,就听到了武夷山人颇为自豪地说:"桂林山水甲天下,不及武夷一片云。"想来也巧,我是月初刚看的桂林山水,现在又来武夷了。人生真是的,有时候莫名其妙地就被运气撞得四脚朝天。

下午去武夷市区看了看,很清秀的一个山区小县,小家碧玉的。我的感觉就像是曾经生活过的皖南山区。我的一个朋友曾经颇有心得地说,他最大的愿望就是跑遍全国所有的县城。他说中国所有的大城市都一样,高楼林立,千人一面;而小县城则保留着一些原汁原味,古风余韵。这话听起来有一点道理,但物是人非,现在的县城也趋于千城一面了,往往是杂乱无章的大街,几幢高楼大厦边尘土飞扬,晚饭后小街发廊里一片粉红的灯光,间或有几个土痞子横着身子走来走去,就像是一只只爬行的大螃蟹。

我们的住所坐落在武夷山度假区,河的对面就是大王峰,显得宁静安谧。宾馆边有游泳池,水碧蓝地泛着诱惑。吃过饭后,禁不住扑通一声跳下水,在水里幸福地想,因为人对于水有一种莫名的亲近,所以完全可以从这种心理上的天生亲近感断定人类是从水里爬上岸的,先是鱼,再进化为猴子。这样漂在水里乱想一气,便有一种无所约束的快感。游了数十分钟后,上岸,赤脚走在绿绿的草坪上,脚心是人最敏感的部位了,走在上面,像腾云驾雾的神仙。

晚上,又回市区,在火车售票处问询返程票。那个卖票的女子悍得要命,她的表情,让人想起怒气冲冲的火车头。

乌龙茶

武夷度假区的小街上到处都是兜售乌龙茶的,每个土特产店都摆着树根做成的桌凳,放着套杯,见到客人,店主人便招呼着进来品茗。就形式和规矩来说,乌龙茶要比绿茶更丰富,这也是文化的表现吧。沏乌龙茶的第一道程序叫"关公巡城",第二道叫"韩信点兵",之后"杂花生树",每一道步骤都是有据有典的。

关于乌龙茶,最形象的比喻是:绿茶就像少女,乌龙茶则像少妇,至于红茶,则如老妇了。这当中的意思是:绿茶色泽漂亮,如花似玉,清新可人;乌龙茶则风情万种,功夫不在面上,完全媚在骨子里;而红茶,则像自己有着岁月的老婆一样,是自己的女人,一招一式都是默契和亲近。茶铺老板更为形象的比喻是:绿茶是张柏芝,乌龙茶是张曼玉,红茶则是张瑞芳。这三个谁最好?当然还是乌龙茶张曼玉。

晚上在宾馆里喝着乌龙茶翻书,有一章说乌龙茶还有一个传统,就是"斗茶",这指的是两种茶面对面地比较,富有交锋意味。每个步骤都很重要,最重要的集中在汤花的显现上,一边将茶壶中的水煎好注入茶盏之中,一边用一种小扫把似的工具——茶筅,旋转着击拂茶盏中的茶汤。这时候实际上等于是双手同时进行,一手执壶点水,一手执筅击拂,两方配合默契,看谁能创造出最佳的汤花效果。

我对中国古书中的很多东西都持半信半疑态度,中国文化中一直有一些故弄玄虚的成分,很多文人的精力都放在细枝末节的"雕龙"上。那都是一些不得志的酸腐文人心理释放炮制的结果,先是被人欺,不得功名;然后自欺,玩物移情;最后欺人,成为"文化"。

漂九曲

上午爬了天游峰,下午漂了九曲。对于我这个在皖南山区长大的人,武夷的山太过平常了,天游峰就像是盆景中的假山,虽然俊俏一些，但太玲珑了，没几步就登顶了。站在山顶看世界，不是"一览众山小"，而是清晰无比。武夷的绝佳处在于水，我觉得九曲的漂流甚至可以媲美桂林的漓江。武夷的好景色都集中在九曲两旁，美不胜收，让人魂飞魄散。

当地的两个艄公在筏上一直一阴一阳地做着讲解，用一连串与时俱进的比喻来形容两岸美景，连"飞毛腿导弹""汉堡包""老干部活动中心"这样的词句也出现了，不由得让人瞠目结舌，暗自窃笑。

我在竹筏上一直静穆无声，就像一个傻瓜似的。对于绝美的东西，我总是什么也不想说，也不敢说。我一撞见美丽，包括美景和美女，就丧失理智，呆若木鸡。

看美女

武夷山管理处的人带我们去看武夷山边没有开发的"处女景"。我们行车近2个小时，然后走了近1个小时的山路，终于看到一条稀稀拉拉的瀑布。管理处的人说因为这是枯水期，瀑布没有了气势。又问怎么样，我说好。就像美女一样锁在深山无人知，然后，就要走上前台成为武夷的姨太太。这不是说笑话，对于武夷山来说，九曲是正房，其他的景点，自然就是偏房了。

晚上，到御茶园去看茶艺表演。"御茶园"几个字，据说是乾隆题的。中国最喜欢题字题诗的皇帝就是乾隆了，满中国到处都是他的手迹。这也难怪,天下都是他的,他爱怎样干就怎样干,不理朝政云游天下,反倒落得个皆大欢喜。至于茶艺表演,说白了,更像是歌舞演出,所有的茶艺员其实都是歌舞团的演员。不过茶艺也弄得像模像样,尤其是表演禅茶时,把大家弄得静穆无声,一个个变得庄重无比。我们一行人是在看茶艺吗?其实还是在看热闹、看人、看美女。就像请人吃饭,"饭"其实是幌子,是可有可无的,主要是吃菜、喝酒。当然,还有一些腐败分子吃饭的重点是饭后的节目,连酒菜都不重要了。

白天跑了一天的路,又游泳,夜里头痛得厉害,一惊一惊的,像是脑子里有猫头鹰在睁一眼闭一眼地啼鸣。

大红袍

终于见到大红袍的真面目。这几天一直听别人说大红袍,说20克的大红袍卖了40万元,这样的价格就如同钻石,大红袍已成为乌龙茶的图腾了。在那个幽深的山谷里,我看见六棵大红袍矗立在离地面二丈高的一个小园地里,树枝苗壮,树叶茂盛。但我实在看不出它还有什么其他的神奇和过人之处。

可到大红袍处去的山谷真是好,两边石壁矗立,很幽静,间或有花草树木、青石板路,旁边的山涧里石斑鱼在自由自在地嬉戏。我想,金庸的"情人谷"恐怕也不过如此了。大红袍也好,肉桂也好,若是哪种茶叶有着"忘尘"的灵气,只要呷一口,世界的烦恼便化为乌有,那才是真正的千古名茶。

情人谷边就是天心寺了。这是一座几百年的古刹,掩映在参天的老树之中,旁边还有五座山头,极像是从林中蹿出的五头象,为寺院增添不少神秘色彩。古寺香火极旺,曾来过不少要人。我在里面转了一圈,感觉这座小寺院比较纯朴,很干净家常,不像现代的寺院,高高在上,庄严堂皇,但离法的精神相去很远。在入口处,赵朴初所题的一副对联倒是极有禅意:

千言和万语,不如吃茶去。

赵朴初是过来人说过来语。佛在茶中,即是佛。

夜里乘车离开武夷回合肥,在车厢里看着窗外的秋雨,不由自主地念起"不及武夷一片云",这才想到在武夷山的这几天,我看到云了吗? 连一片也没看到。

七十年代"摇头丸"

七十年代人

二十世纪七十年代的人走上前台唱上了主角。《城市画报》策划了一期七十年代专辑,罗列了一帮生于七十年代的"精英",编得虽然一般,但销得异常火爆,在合肥的报摊尚未卖,便被人订完了。我好不容易拿到手一本之后,摊主竟然说,你看完之后最好退给我,有熟人还要。一份杂志办成这样,就让人无话可说了。

我不是七十年代的人,并不想赶这趟浑水。但作为六十年代中期的人,我在心理上对于七十年代的人感到比较亲近。这说明我的思想观念还能跟得上。其实想想中国这半个世纪诞生的人,真是一个年代有一个年代的特色,连表情和气质都是不一样的。相对而言,五十年代出生的人较为传统,踏实肯干,韧性极强,但较为封闭,视野较狭隘,不自觉固守的东西比较多,循规蹈矩,注重实利；而七十年代的人都是在改革开放的环境中长大的，视野开阔，思想活跃，创造性强，但好高骛远，对于传统，有比较多的叛逆性，也比较难蒙骗。因此有人称"七十年代摇头丸"，不像五十年代的人，是吃"点头丸"长大的，能服从，也能盲目地执行，习惯于被控制和控制。这当中最为尴尬的是六十年代的人，承前启后，相比较而言，几乎没有什么鲜明的特征，既不是"点头"一代，也不是"摇头"一代；或者说既"点头"又"摇头"，平平庸庸如我辈。因此到后来也就分化了，一些人如下围棋一样占实地，另一些人，则慢慢退出社会的主流人群。

一个时代的风貌是由人决定的，时代不一样，人也会不一样；反过来说，人不一样，时代也会不一样。

食是一枝花

逛书店，看到胡兰成的书《禅是一枝花》，是解读禅宗书籍《碧岩录》的，于是便来了兴趣，买了本带回家翻看。

在这之前有关胡兰成的事情听说过不少，但论著作，只看过胡兰成的《今生今世》，感觉只算一般吧。我一直不太喜欢名人儿女情长的东西，粉饰的东西多，真实的东西少。对于胡张公案，我也是一笑了之。曾是夫妻的事情又怎能说得清楚呢？都是机缘，情爱与禅最大的相似之处在于，说不得，说不得，一说，就离真相很远了。

但胡兰成的书还是让我深深失望——这个人是不懂禅的,一点都不懂,所说的,都是不着边际的外行话。就如同我们看到的很多大学教授一样,看似风雅,却是附庸;看似明白,其实外行。这也让我肯定了以前的一种感觉——胡兰成,看起来是安静的、洒脱的,但在心里,却是浮躁的、拘谨的。这本书,更让我把他看低了不少。

其实谈道论禅本是中国文人的雅好,附庸一下,本来无可厚非,但真正地以不懂的姿势来写书,就显得有点大胆了。中国现代大儒中,胡适也是不懂禅的,胡适的中国哲学史谈儒论道都不错,但一遇上佛禅,便一个劲儿说着外行话。钱钟书于禅,一直不太敢碰,钱擅长的是知识和学问,但于暗妙,似乎差一把火候。冯友兰是七分地懂禅,但于禅,却没有真正的心境。至于钱穆,也是五六分地懂禅,但行为的入世又让他离禅比较远。真正懂禅的,依我看,是南怀瑾,那是真正地能沉浸在禅当中,一举手一投足,都是神清气爽天高云淡。至于另外一个家伙,印度的奥修,那就境界更高,不仅仅是天高云淡,那简直就是直上九霄了。

我在这里对众大家品头论足,似乎有欺世盗名之嫌。不说也罢。胡兰成虽然不懂禅,也让人怀疑他学问的扎实程度,但他毕竟还是相当有才的——聪明人往往不扎实,这已是通病了。这一点与李敖似乎有相似之处,有学问,有野心,也有情调,却没有境界。奇怪的是台湾才女朱天文竟是胡兰成的学生,而且为胡兰成的此书作序,不乏溢美之词。胡兰成是极有女人缘的,朱天文是读着张爱玲的文字长大的,爱屋及乌,也一并对胡兰成很尊重。其实印在书上的序与跋又有多少能相信的呢?绝大部分,都是你好我好的客气话。

拉拉扯扯,似乎有跑题的嫌疑。还是倒转过来谈谈胡兰成与张爱玲的吃吧。胡兰成于饮食上一向比较寡欲,他是浙江嵊县人,因为出身比较穷苦,所以吃东西从不挑剔,认为"凡好东西都是家常的",有什么就吃什么,就像他在《今生今世》一书中所写的:

> 我小时吃腌菜拣菜茎吃……小孩不可嘴馋,我家三餐之外不吃零食,有言女子嘴馋容易失节,男人嘴馋容易夺志……

长大后胡兰成也只是喜欢吃些笋干,后来只是爱吃一些绍兴鸡之类,口味显得很重,没有特别的爱好。这一点,胡与张相差很远。张爱玲在吃的方面是极其讲究的。张爱玲是土生土长的上海富家千金,因为受曾经留学的姑姑的影响,比较喜欢吃西餐,除了正餐之外,她还大量吃零食,而且专拣甜烂之物,云片糕和奶油西点是她的最爱。张爱玲曾在《童言无忌》一文中形容过自己的饮食偏好:

> 我和老年人一样,喜欢吃甜的烂的。一切脆薄爽口的,

如腌菜、酱萝卜、蛤蟆酥,都不喜欢,瓜子也不会嗑,细致些的菜如鱼虾完全不会吃。

到了后来,据有关资料透露,张爱玲晚年连肉与甜食也因为牙蛀光之后不能吃了,只好日日以微波炉转一点稀烂的食品度日,喝着那些看起来含混不清的西式汤。张爱玲的口味像什么?像是一个足不出户的洋老太。

张爱玲与胡兰成的口味真是南辕北辙。胡兰成是简,张爱玲是怪;胡兰成是土,张爱玲是洋。饮食上的习惯相差那么大,也难怪两个过不到头。

食是一朵花,也是有着禅性的。食的外表是口腹,骨子里却是习性。人们都在疑问为什么张爱玲会爱上胡兰成,好像阴差阳错似的。其实没什么复杂的,一个自恋的女人,遇上一个不吝赞美她的男人,便以为是红颜知己,心花怒放了。别以为聪明的女人在什么方面都聪明,有时候笨姑娘倒是百毒不侵、刀枪不入的——世界上的道理,就这么简单。

老混混

跟朋友在茶吧聊天。他问:"什么人晚年生活最惨?"我想了想,说:"是老混混。"天下最凄惨的,莫过于老混混了。年轻的时候,靠着一腔元气打拼,是可以藐视规则的,并且有的是时间。而到了晚年,时间、元气、力量都没有了,只剩下为老不尊,是不是活得很惨?

我是想到了那么多的黑帮电影,那些"马仔",死,也是要趁早为好。

金华段子

参加一个聚会,席间各自来一段自我介绍。有一个来自金华的朋友的自我介绍相当搞笑:

"我是来自金华的,浙江金华。欢迎大家去金华做客。到金华之后,欢迎大家去'寻花'——'花'是'茶花',是金华的市花;'住店'——'店'是横店,是中国影视剧拍摄基地;'握手'——'手'是'佛手',金华的特产,'摸腿'——'腿'是金华的火腿,享誉中华;'进洞'——'洞'是金华的两个岩洞,是叶圣陶老先生写过的。"

成 长

看书,经常为书中的一些细节所感染。比如说英国小说《高保真》中有一个细节很好玩。主人公 35 岁了,仍没有结婚,有一天,他看着自己小时候的照片,一个劲地对着照片中那个聪明漂亮的小孩道歉:

桃红梨白菜花黄 | 151

> 我对不起你,我让你失望了,我应该是好好照顾你的,但是我没有做到,我做了许多错误的决定,我把你变成了我……

这样别致的情节,真是有点意思。

关于成长,前几天看"广州妖精"黄爱东西的一段话也觉得挺有意思,便随手抄在笔记本上。这是一段谈成长的文章,黄爱东西写道:

> 开始的时候,所有人都是兔宝宝,完全没有烦恼。结束的结束,有些人还是超龄兔宝宝,有些人变成了黄鼠狼,有些人变成了大灰狼,少数人变成了狮子王,当中的一大群,变成了山羊、麋鹿、斑马、狐狸、蝴蝶、松鼠、猩猩、狒狒、蜜蜂、乌鸦、喜鹊。

我会变成哪一种呢?想当狮子王当不成,又不愿变成黄鼠狼,还是变成松鼠吧,待在树上也挺好。

无事就翻《红楼梦》

无事就翻《红楼梦》。贾宝玉虽是男身,但却是一个女儿心。

第七十七回《俏丫鬟抱屈夭风流,美优伶斩情归水月》中,写宝玉去看望病入膏肓的晴雯,一时间双方才觉得真是爱着了。

> 晴雯后悔地说:"我今儿既担了虚名,况且没了远限,不是我说一句后悔的话,早知如此,我当日——"

晴雯的话没有说完,但后悔之情溢于言表。晴雯后悔什么呢?后悔没有像袭人一样与宝玉也煮一回生米熟饭,尝一尝人间的至情至性。宝玉哭成一团。宝玉和晴雯是病重时和知其死了的时候,才知道真是恩爱的。

其实宝玉与袭人、晴雯及黛玉三个女人之间,都是离不了的。袭人像是妻,又像是姐;晴雯像是女儿,也像是妾;而黛玉,则像是情人,或者妹妹。这三个女人存在的方式都是不一样的,都是可以亲密无间的。至于另外一个女人宝钗,那似乎不应是宝玉的女人,宝玉与她,在心理上总有距离。宝玉对宝钗,就像对待自己的后母一样,有点恋母情结,却不是心心相印的。

看《红楼梦》,真是有意思。越看到后来越明白,人情世理尽在里面了。也越自知,有点反过来明白自己的趋势。所以《红楼梦》越看越让人聪明。不像《水浒传》,越看越莽撞;看《西游记》,越看越不成器。只是小说中的宝玉不自知,一如既往地把自己当作戏中人。宝玉是后来才开始自知的,一自知,红尘中就留不住了,就要跟着疯癫道人,在大雪漫飞中离家出走。

桃红梨白菜花黄

这段时间真是犯困,昏天黑地地睡觉,连日记也懒得写了。拿破仑曾说:"男人睡 5 个小时,女人睡 6 个小时,只有蠢猪才睡 7 个小时。"那我是什么呢?这段时间,我每天至少睡 9 个小时。

鸭子游泳

晚上吃饭碰到一帮朋友。朋友说你真是悠闲,我看你的日记,那种悠闲的姿势,真是好生羡慕。我说你们看过鸭子游泳吗?水面上的似乎悠闲自在,东张西望,漫不经心,其实水下的脚一直在不停地倒腾。梅花香自苦寒来,宝剑锋自磨砺出。我就是那只在水中忙乱不堪的鸭子。

我说的真是大实话。

一声叹息已春秋

时光如水

时光如水一样,这是一句老话了。对于时间,我越来越有一种无所适从的麻木。昨晚我是早早地上床了,新年旧岁,便在我的安睡中完成了交接。新年第一天待在家里窝了一天,黄昏的时候出来散步,因为天气太冷,整个街道并没有我想象的热闹,冷冷清清的,就像是戏剧的布景。偶尔几个人,在很大的风中躲躲闪闪,一个个显得严肃无比。

晚上无事,去了一朋友处。朋友正在那里悬腕写诗,诗是刚刚作的,题为《元日》,全诗为:

爆竹声中一岁除,
窗外年华逝水流。

元日闲坐无所事，

一声叹息已春秋。

"一声叹息已春秋"为佳句，看后半晌无语。心中若有共鸣。

看金星访谈

晚上看电视，上海台有一个对舞蹈家金星的访谈。我注意到金星有着一双大手，骨骼粗大，刚猛有力。金星虽然变性了，由男变成女，眉宇间处处都是女人，但似乎只有手还没有变过来，残留着男性的成分。

关于身体与性别的关系，还真的不太好说。许多问题都是简单起来简单，复杂起来尤其复杂。比如说身体，关于身体的产权问题，简单的回答当然是属于自己的，但复杂地一想，身体果然是属于自己的吗？还有由此延伸出来的问题：属于自己的东西就可以随意打发吗？

从电视上看，金星的舞蹈跳得是真好。人的身体内总有一种魔幻的力量，似乎是属于人本身，又似乎不属于人本身。舞蹈似乎就是在寻找着这种力量。我还注意到一个奇怪的现象，凡是舞跳得极好的人，都是个性极为怪异的人，浑身有着"巫气"，比如说邓肯，比如说努里耶夫，又比如说韩国的洪信子，还有最近颇为红火的云门舞集创始人林怀民。洪信子是 30 岁以后领略到舞蹈的玄妙的,接触之后,连称:"舞,妙不可言。"

中国似乎是一个一直不太重视"本心"的国家,纲常的东西总是大于思想,思想又大于性情,所以一直很难用"心"去做一些事。汉族的舞蹈总显得很短腿。有时候稍微用一下心,一不留神却用歪了,变成另一种侏儒。比如说中国民间的"跳大神",那实际上是一种舞蹈,并且也是"随心所欲",但因为故弄玄虚,并且功利十足,因此也就不值一提了。

日本人

看报纸,看到日本又在玩"花头经",竟向钓鱼岛的居民租借该岛,这真是变着花样搞侵略。从文化传统上来说,日本人是不太安分的,总想着做一些小奸小猾的事。十六世纪欧洲传教士曾有份报告,对日本人的性格加以推断和分析:"日本人是因为身材短小,国土小,因此有着力量不足的自卑;在性格方面往往表现出心眼小、敏感。"传教士进一步分析说:"这都是因为身体的缺陷和不足而引起的。"这一点就如同《格列佛游记》中的小人国,那些小人国的居民一个个都异常多疑多虑,敏感而猜忌,把"巨人"格列佛弄得无所适从。

一个地方的文化,跟一个地方的地理与自然环境是有着很大关系的;性格也是这样。我一直以为中国文化有着很大的农民成分,虽然有着农民的善良和仁义,但敦厚中也带着狡黠,浅尝辄止,缺乏大气和深入。而日本的文化明显的是一种小国文化,处处都是聪明和精致,但投机取巧的成分也多。性格与身体也是有着关系的:一个身体健康的人,一般来说,心灵都是健康的;而一个身体残缺的人,往往在性格上也有着缺陷。至于环境,自然环境、地理环境、生活习惯和习俗,与民族的性格都是有着关联的。俄罗斯为什么有着那么博大的文化艺术?那是因为冬季特别长,冬天里特别忧郁,悲天悯人的情绪往艺术上一转化,也就有了柴可夫斯基以及托尔斯泰等。德国也是,一忧郁,不是产生艺术家,就是产生哲学家。所以从这点出发,热带的地方一般都比较少哲学家,因为当地炎热的气候很难让人养成思考的习惯……当然,一种现象的出现不只是文字归纳的那样简单,而是各种原因的综合体。

同样,拉登之所以疯狂,我想那是因为他整日待在山洞里,或者是待在沙漠中的缘故。当一个人整日面对沙漠和山洞时,一般来说,只会有两种可能:要么他会变成达摩,要么他就会变成拉登。

我这里絮絮说的似乎都是常理。但世界就是这样,常理总是让人忘却,不少人就是不知道萝卜白青菜青。

水的滋味

我一向对于精力旺盛者持有一种歆羡和敬畏之心,这缘于我并不强壮的身体。身体是革命的本钱啊,我总是由衷地羡慕那些在一生中能做很多事的人,比如丘吉尔,比如海明威,比如大仲马,他们是如此精力过人,有着万夫不当之勇,如秋风扫落叶一样为所欲为。

就拿大仲马来说吧,这个肥胖的家伙一生中竟然写作了上亿字,他的作品全集就达 303 卷,据说还远远不止这个数字,他自己就对拿破仑说他的作品多达 1200 卷,这样的成就让人目瞪口呆。不仅如此,大仲马还并不因为写作而荒废了自己的生活,他的生活也是放浪形骸,活色生香,像一头浪漫的公牛一样雄踞在这个世界上。

食色性也,大仲马也不例外。除了丰富得几近糜烂的生活之外,大仲马还有着一个血盆大口,他几乎吃尽全法国乃至全欧洲最好的食品。不仅仅是能吃,而且大仲马还会吃,在吃上积累了很多经验和心得,并且能够品藻得头头是道。到了晚年,大仲马将自己吃的经历整理了一下,写出一部厚厚的《烹饪大辞典》。这是大仲马生前最后一部著作,在将所有的天才都交给了传奇小说之后,大仲马阐述了自己关于吃的一些故事和感受。大仲马写吃也写得好啊,一时让整个巴黎为之侧目,很多馆子都对大仲马毕恭毕敬战战兢兢。

大仲马谈吃的文笔自然是妙趣横生。这些姑且不说,奇怪的是大仲马这样的人物竟然在文中初露禅意。人到晚年了,聪明至极的人一般都会摇身一变,不是变成僧就是变成妖。大仲马也不例外,在吃了那么多好吃的东西之后,他忽然话锋一转,说他自己"已有五六十年只是饮水"。然后说,喝葡萄酒所体验的乐趣哪能敌得过从一杯沁凉的、未被污染的纯净泉水中得到的乐趣呢!大仲马说:"一个真正的美食家,不在于对于食物的品藻,而在于对于水的鉴别,能够品得出水的滋味。"能说出这样的话需要何等的智慧啊!这一番话,石破天惊。

细细地想来,大仲马的说法是相当有道理的。大道都是相通的,比如说武术,功夫到了极致,那不仅仅是绣花针可以做武器,连飞花摘叶均可伤人,而且无门无派,师法自然。能津津有味地品出水的滋味的人,也算是一等的高手了,同样是手中无剑、心中有剑的境界。

学问深时意气平,大道始于平淡而终于平淡。这道理可以用在一切方面。只有口味清淡之后,身上才会有清灵之气;当然,还有更进一步的道理,人,到了一定的层次,由于内心澄明,便不自觉地对于食物没有特别的要求了,像那些高僧大德,口味自然是清淡的,因为心中有了欢喜心,所以吃什么东西都是至味,唇齿之间,那种淡然便会生长成芬芳。记得1997年有一次在宣城的白云观,闲暇时与一个僧人聊天,谈起了他们的生活和戒律,他一点也不觉得苦,脸上满是恬然的笑容。他说,自从到了清净法门,吃与不吃,都不重要了,即使野果素菜,吃起来也是口齿留芳,贪念不复再生,便是满口莲花了。

有一个最简单的问题似乎人们总是懒得去想:为什么人类对

于水从不生厌,对于大米从不生厌?除了水和大米能维系人的生命之外,可能最根本的还在于,水和大米是没有味道的,无味的东西才是至味!所谓大象无形,大音希声,大德无道,大道无门,而大味呢,就应该是无味吧。以无味而蕴含所有的味道,这可以说是水和大米的本质吧。

试着尝尝水的味道吧,也试着尝尝大米的味道,假如你能静下心来,你就能品出,它们的味道有多好!

你少跟我说激情

读钱穆的书

最近一直在读钱穆的书。对于中国这 100 年来说,要说思想和学问,以及对中国文化的透彻,老钱应该算作第一人了。他的有些思想道出来让人有石破天惊之感。比如说在《现代中国论衡》这本书的自序当中,钱穆就说:"文化异,斯学术异。"中国重和合,西方重分别。民国以来,中国学术界分门别类,各为专家,与中国传统通人通儒之学相违异。循至返读古籍,格不相入。

关于学科的交叉与分类,我也是很有看法的。现在的学科分类太细,有些学科依我看根本就不成一门专门的学科,因为它本身的内容太狭隘,理论和实践都比较简单,也太浅,浅水里是无法养出大鱼的。比如说教育学,又比如说社会学、心理学等。这些科目没有独立的精神和品格,就像一栋没有柱与梁支撑的屋宇,是很难伟岸高大的；也像没有脊椎的动物，是很难长大的。前几天看到几则消息，说是心理学就要被逐出科学的圣殿了，因为心理学独立了近百年，但一直没有什么实质的成果，没有一个确定的研究范围，上百年来只是在医学以及文学的边缘打点皮毛战，两处揩点油。

还看到一则消息，说是北京大学将不设专业了，这似乎也比较合理。现在的学科越来越专业化，不太重视一个"通"字。如果作为技术范畴的东西，当然可以，但如果想在"理"上寻得突破，就显得后劲不足了。在我看来，读书最根本的，是要"通"。尤其是研究中国文化，那是一种老年文化，是几千年的"古龙潭"，深不可测，是须讲究"通"的。要求通古今，通世故，通人情，通"鬼神"。若一个人不"通"，便可以说这个人的中国文化没有学好，即使能古诗文背诵如流，那也是停留在皮毛层次上的。

晚上与一个朋友聊，他问究竟什么是好文章。我想了想，说："好的文章，不仅要有人情世故，更要有'天地鬼神'。"

素食与佛心

合肥红星路上新开了一家素味斋，老板姓端木，六安人，是个女的。我第一眼见到她的时候就觉得她为人很善，能吃苦，且很执着。我还看出她最近有诸多事情缠身，但我没有问，她也没有说。

端木原先是搞烟酒批发的,在生意场上摸爬滚打了近二十年,难得的是全身上下竟没有一点浊气,一副纯朴的模样,举手投足很是真实。端木在介绍开此素食斋的目的时一再强调,主要目的真不是赚钱,只想提倡素食,让人们少杀生——不需说,端木是有相当佛心的。

素食斋请的是上海龙华寺素味馆的大厨。大厨是上海居士,做事很认真,也很挑剔,几乎所有的原料都要求从上海去买,连酱油、醋也要求有品牌的。这样挑剔的结果,使得素食斋里的素菜肴别有一番风味。比如说素鸭,看起来金黄、油腻,连鸭皮上的毛孔都一清二楚,活脱脱一个北京烤鸭的模样,但一咬下去,才知道是完全的素食。还有一道素味红烧肉,像是"红方豆腐乳",但味道鲜美,着实令人大快朵颐。

端木说她将在店里布置一些背景音乐,播放一些佛教音乐。素食斋里真是异常清净,不仅没有荤,没有蒜、葱、韭菜,连白酒也没的卖——从这一点真可以看出,端木真是为了她的一点小理想在做着什么。在素味斋里吃饭,除了能吃到美味的素食之外,还可以达到"静心"的效果。

六祖说:"平常心即佛。"又云:"道在矢尿之中。"这是说得很彻底的道理了。端木虽然不是一个圆融之人,但难能可贵的是她在慢慢地积着"跬步",心中有着"恭敬心"。有着"恭敬心"的人,心壁上总像有一缕轻风拂过。

与很多虔诚的人一样,端木还有一些关于素荤上面的很质朴的观点。端木说:"你看,所有的素油都是流动的,而荤油却是凝固的,如果一个人荤吃得太多,血液就容易凝固。血栓之类的病不就是这样形成的吗?"

端木的话似乎很有道理。

有关张艺谋

朋友 C 对张艺谋的《英雄》迷得不行,在合肥,她一连看了三场。她说张艺谋是最会用电影讲故事的,是中国最有想象力的导演。想想也是,中国电影水平普遍比较低,能把电影玩得活色生香的,也就是张艺谋了。据说《英雄》的票房已突破 3 个亿了,但似乎还有人在声嘶力竭地攻击它,这真是让人莫名其妙。我的另一个朋友认为这种现象完全就是一种东方式的嫉妒,他把这种现象与去年世界杯期间对韩国人的攻击联系起来。现在有不少中国人总认为西方是最正宗的,一不小心东方获得成功了,反而群起而攻之。他们在骨子里总有一种自卑感,有时候自己做出了好东西,底气反而不足,潜意识里更加恼火了。

这样普遍的"心理上的不健康"好像还表现在很多方面。比如牛群,那真是为了安徽蒙城人民呕心沥血,前几天把自己都"裸捐"了,但还有人攻击他"作秀""炒作"什么的。或许名人就该这样倒霉吧,谁让你出名压住别人呢?美洲有一句谚语说:"除了女人,谁也不愿让人压。"这话粗是粗了点,但话丑理端。张艺谋们的被攻击,就是活生生的例子。

最好的是第七十六回

还是闲翻《红楼梦》。我以为《红楼梦》写得最好的是第七十六回,那真是浑然天成,暗藏玄机。第七十六回是《凸碧堂品笛感凄清,凹晶馆联诗悲寂寞》,写的是中秋之夜贾母带着家中一帮女子赏月,热闹之时,贾母兴犹未尽,突然叹曰:"如此好月,不可不闻笛。"于是便让人在不远的地方吹起了笛子。贾母本是一个喜欢热闹之人,但吩咐那吹笛的尽拣些慢曲子吹来听,那笛声呜咽悠扬,和着明月清风,先是显得天空地静,而到了后来,则是一派凄凉了。

无独有偶,贾母的这一边,是凸碧堂的事,而另一边的凹晶馆,抽着空出来的林黛玉和史湘云却在那里联诗,也是尽作一些凄清悲凉之诗。先是"匝地管弦繁,几处狂飞盏"。这倒也平常。到了后来,则是"晦朔魄空存,壶漏声将涸"以及"寒塘渡鹤影,冷月葬诗魂"了,一派"诗鬼"的模样。这样的情景真有点阴恻恻的模样。曹雪芹在这里写的这一番情景,绝不是随意而落,肯定是暗藏着杀机的。可惜的是杀机未露,人先夭亡了。

读书史上曾将"《红楼》未完"列为一大憾事。张爱玲曾经形容高鹗的后四十回为"像棚户利用大厦的一面墙",这真是够损的。不过两个人写一部作品是无法天成的,不可能变成"鬼斧神工"了。这一点不同于两个女人打毛线,前一个女人剩下一个袖口,后面一个女人不动声色地把袖口接上。

一个人在本质上甚至连自己是谁都不清楚,更何况另一个人呢?

国宝展

前几天上海博物馆举行两岸三馆国宝联展,一下轰动了全国。因没有机会看展览,于是便买了书,独自在家赏玩。这些国宝当中,有相当一部分是宋朝的字画,像张择端的《清明上河图》,王安石、欧阳修、黄庭坚等人的字画。其中有很大一部分是那些昏君佞臣的作品,比如宋徽宗赵佶、南宋小朝廷的赵构,还有奸臣蔡襄等。他们的字画也好,在画面上甚至可以看出清丽婉转高风亮节来。

就个人的命运与国家与时代的关系来说,很多人其实就是个人人生的错位,他其实是不太适合坐某一类位子,或者当某一类人。"女怕嫁错郎,郎怕干错行",但命运和机制让他别无选择,因此个人的悲剧不可避免,由个人的悲剧又演绎出国家的悲剧、民族的悲剧。其实想一想,作为个人也是蛮亏的,个人未尽兴,也算是牺牲了吧,连好名声也没留下,那就更亏了。

我一直以为宋朝是一个很奇怪的朝代,文化人当朝,比较至情至性,这些有点像十九世纪的法国,到处一派靡烂和颓废。但偏偏宋朝生不逢时,旁边正好有着虎狼一样的契丹、女真,还有后来的蒙古等,就像法国的边上有着虎狼一样的奥地利或者德国,所以开心是开心,但总有一点今朝有酒今朝醉的日暮途穷。

　　这次展出的还有一个叫王诜的太尉画家所作的《渔村小雪图》和《烟江叠嶂图》,意境萧索,空灵静寂,画得极好。《水浒传》第二回就写到流落异乡的小混混高俅,经人辗转介绍,到了驸马小王都太尉府上做了亲随。不久,小王都太尉过生日,请来小舅端王赵佶,高俅因善蹴鞠而得到了赵佶的赏识。后来端王变成宋徽宗,高俅因此大受宠信,位至显贵。这个王诜就是那个驸马小王都太尉。太尉是管兵马的武官,武官不习武,天天只干一些踢球、画画的事情,也可想而知了。难怪宋朝到了后来找不到几个可以骑马打仗的武将了,只落得个让杨门孤儿寡妇出征的结局。当然,宋朝以文官治国是有阴谋的,那是让"陈桥兵变"之一幕不再上演。但结果是,"陈桥兵变"是没再演了,但"风波亭"却是屡禁不绝。

　　中国传统中那些文人,最缺的是两样:一是器量,二是理性。宋朝,就是例证吧。

慌慌张张过大年

年来到了

过年总是匆匆忙忙的。每年都是这样,似乎是披头散发间,年就张牙舞爪地来到了。便慌慌张张想着逃遁,好像是努力挣脱一个绳结,细细地解没有时间了,便拿起剪刀,咔嚓一声。车行在马路上,看着公路两边魂不守舍的赶路人,这才真的意识到,年说来也就来了。

年前是最忙的时候了,因此回到老家便待在家里没去找熟人。上午仍是读带来的《中国古代学术论衡》。钱穆虽然对中国文化怀有一腔情感,但似乎总带有一点偏见,在骨子里面有点"亢"。比如钱穆对西方教育的批驳,以为中国人最大的使命在于修身,向内所做的功课比较多;而西方人总是不想自己好好做人,却苦思着要造一个机器人来(现在更想着要克隆人了)。在整体的价值观上,老钱还是不肯放下"国学为体,西学为用",因为他的屁股坐在国学上,还是屁股决定脑袋。我喜欢的几位国学大师,冯友兰通达,林语堂圆融,李泽厚深厚,南怀瑾智慧,而钱穆则显得更加有个性一些,有点偏头偏脑的味道。但西学和国学是很难简单断定的,一切文化皆是大千世界的探索和沉淀,都是"盲人摸象",摸着的都是局部。因为世界变化太快,有时候学问和观点便显力不从心,所以绝不能抱残守缺,要与时俱进。相比较而言,中国文化静气,圆融饱满,尤其是中国文学,那是静中的产物;而西洋文化则比较有动感,有探索的精神。两者可以取长补短,也是可以融会贯通的。

并且国学与西学本身也在发展,我看近百年的西方文化,似乎向内求的成分越来越大,更加关注心灵,甚至比同时期的中国文化更注重心灵。一部百年的西方文学史,实际上就是一部西方社会的"心灵史"。

学问和思潮的关系有点像时尚的现象与理论,时尚在大多数时候有点蛮不讲理,你能总结出为什么一会儿直筒裤一会儿喇叭裤一会儿七分裤吗?只能说是人心在作怪,在求变求新颖。世界上最难以捉摸的,便是人类的心灵了。

农业社会的节日

中国人的春节,实际上是农业社会的节日,是农业社会根据节气变化所做的一种安排,更是入世的节日。这点不像西方的圣诞节,是有着宗教的背景的,后面有着理念。因此从这一点来说,中国的春节实在而快活,可以大吃大喝无所顾忌;而西方的圣诞,因为有着担惊受怕的背景,就需有一个出世的情调来。

晚上没事,年夜饭之后只好坐在那里看中央台的春节联欢晚会。从文化渊源上看,春晚还是中国"大一统"思想的体现,求大、求一、求统,这样的方式,其实已经注定了办春晚吃力不讨好。这一点就像《红楼梦》里的王熙凤,那么一大家人生活在一起,谁也不管事,都做撒手先生和小姐,王熙凤就是再能干,也终究是众口难调。其实这一切哪能怪王熙凤呢?都是那样的大一统,压得她没了个好名声。

11点钟便休息了。天冷,似乎连放爆竹的人也少了,马羊交际之际,只是稀稀拉拉地响起一串爆竹声,比往年逊色了很多。迷糊中好像看到马与羊拥抱了一下,然后马将接力棒交给了羊,羊便扬起碎步,嘚嘚地跑起来。

新旧交替,就像上演一出开心的皮影戏。

拜　年

上午到一位老师家拜年,看到有拓下的碑文,题为唐太宗撰,一派中国文化:"欲寡精神爽,思多血气衰,少饮不乱性,忍气免伤财,贵自勤中得,富从俭中来,温柔终益己,强暴必招灾……"有人曾在某种意义上说中国文化是"老年文化",也是"君子文化",充满了睿智、从容以及人情味;而西方文化则是"青年文化",也是"暴徒文化",充满着竞争、探究以及进攻性。老年人往往是看不起年轻人的,以为年轻人毛躁、急功近利、无事生非;年轻人也不屑老年人,认为他们乖戾、故弄玄虚、高深莫测。两种文化一碰面,便有着一点动粗的意味,老年人自然敌不过年轻人,"君子"也打不过"暴徒"。所以在竞争中我们先落得个下风,但接下来便是迂回了,是你中有我,我中有你。打"持久战",老年人的智慧和优势便会显露出来,也许下一回合我们会靠实地获胜。

下午参加县里一个在外人士联谊会,见到很多熟悉而陌生的面孔,熟悉是指仍是那个人,陌生是指那个人已有了相当的改变。这点感觉如同见到隔了几日的蛋糕,虽然蛋糕还是那个蛋糕,但感觉已不是那么精致新鲜,怎么看都有点模糊不清的意味。

饮 酒

《中庸》言:"人莫不饮食,鲜能知其味。"这里的味不是味道,而是个中三昧,是饮食的礼节以及精神。在这当中,饮又甚于食。中国人饮酒,一酬一酢,皆见人情味。孔子饮酒无量,与颜回算食瓢饮,不及乱,乱即失礼也。陶渊明之饮酒,乃在能忘却身外一切欲。至于其他的,李白诗:"举杯邀明月,对影成三人。"一派中国人文精神。"劝君更尽一杯酒,西出阳关无故人。"这是相互对饮。

又曰:"清明时节雨纷纷,路上行人欲断魂。借问酒家何处有?牧童遥指杏花村。"饮酒而对杏花,犹如饮酒而对明月,极有情调。

春节之日胡乱饮酒,一日二餐,唇干舌燥。半夜失眠,抄起纸笔,想起古人饮酒之典故,胡乱记下,酒气文气皆酸腐。

散　步

天气很好,至县城附近的河滩散步,顿觉神清气爽。老家真称得上是"一塔擎天,二水穿城,三桥锁翠,四面环山",风景极美,人杰地灵。但散步的河边随处都是垃圾,让人大败雅兴。

坐在河中礁石上,无所事事,在阳光下听了很长时间流水声。这才意识到,水的声音并不单调,而是复杂博大,且有情趣。在城市里虽然经常看到水,但听不到水的声音。不流动的水是死的,只是单纯的布景,而流水的潺潺之声最动听,因为它的背后是自然的话语,是纯粹的天籁。

回来后闲看电视,竟看到京剧《四郎探母》。这出戏真是一派"中国精神",满场的纠葛都是情:母子情、母女情、父子情、君臣情、夫妻情、手足情、爱国情……情到深处,满舞台都是缠绵和羁绊,然而在极欢乐中,露出极苦痛来——真是一个"情"字了得!

中国人的处事,讲究的就是一个"情"。人生就如同编织,殚精竭虑所做的,无非是织成一个网,最后网住自己,然后一直纠葛至死。一根线连着一根线,也算是缘分一场吧!

中国的文化精神,从某种意义上来说,即是缠绵,一个人缠绵一生,一群人缠绵一世。

迎来送往

春节就是迎来送往。就要离开老家了,坐在归去的汽车上,听着耳机里莎拉·布莱曼与波契利所唱的 *TIME TO SAY GOODBYE*,一曲唱尽,掌声雷动。老家已远远地落在层层的山峦后面了。从更高的意义上讲,人生不也是迎来送往吗?

平生最怕无趣人

怕开会

　　这一段时间老是开会,云里雾里的,把人弄得神情沮丧。我不喜欢那些空谈会议的一个重要理由是,我很怕被那些神志不清的思想和言语把本来很明白、很清晰的自己弄得迷糊。很多发言人完全没有清晰的思维,却海阔天空如乌贼一样喷墨。有时候听着听着,反而把自己弄得无所适从。打个比喻来说,开座谈会就像众人围坐着一个本来很清澈的水池,这个人跑去冲着水池扔一把沙,那个人也跑去冲着里面扔一把沙。到了最后,本来是一池清水,硬是弄得混浊不堪只能养乌贼了。所以我参加这样的会议,每次结束之后,蓬头垢面的我总是要呆坐半天,让这些灰尘沉淀下来,使自己重新变得清澈。好久,才有一种如释重负的感觉。

　　我一直以为,这个世界的很多东西,是被那种理解力差的人搞乱了。有很多东西本来是很清晰的,但因为有那些理解力差的人掺和进去,或者夹杂些私利的成分,也就搞乱了。大概,社会就是这样吧,这些,也是世界无可奈何的一部分吧!

无趣之人

生平最怕的,可能就是那些无趣之人了。我一直害怕与无趣的人面对面或者办事。恰巧今日外出办事,碰到一个无趣之人,真是使尽了浑身解数,言语也尽量巧簧,却如泥牛入海,如撞南墙,把自己弄得灰头土脸,满身尴尬。

人生一世,趣味是相当重要的,所谓面目狰狞,言语无味,说的就是那样无趣之人。茨威格曾经专门为无趣的人写过文章,当时大有感慨,随手抄在本子上,但岁月荏苒,不知丢到哪儿去了。只是记得茨威格狠狠地抨击了那些无趣之人,以为这个世界被那些无趣之人统治简直是一场灾难。无趣之人能让世界偏离本来面目,把人与人之间弄得神经兮兮,寡然无味。

关于趣味,袁宏道曾有妙语:"世人所难得者惟趣。趣如山上之色、水中之味、花中之光、女中之态。虽善说者不能下一语,唯会心者知之。"

日本清少纳言的《枕草子》中曾写过"被人瞧不起的事""可憎的事""无奈的事""尴尬的事""难堪的事"等,却没有写到无趣的人。我这里试着以她的笔法写那些无趣的人:

不懂得幽默、不会放松自己神情的人。

明知自己错误,却要一直嘴不服软瞎搅和的人。

思维狭窄,却自以为是,所到之处,乌鸦成群,乱飞乱叫。

遇到权势,便一脸媚笑,甘当孙子的人……

投机取巧

现在中国菜的烹饪中一个普遍的现象就是味精加得太多。尤其是在饭店里,味精好像不要钱似的,结果一顿饭后总是感到嘴里有一种浓烈的干苦,像轻度中毒。

味精的历史我不太清楚,不过中国的味精似乎是从日本传来的,日本叫作"味之素"。但味精在很多国家是不太用的,有的国家还禁用,说对身体不好。西餐大多不给用味精,只用一点野生的香料、佐料调味。比如说在法国,往往用一种"普罗旺斯草",这种东西是一种香料,更是一剂调味品,它主要生长在法国普罗旺斯省一带,将之烘干后,切成碎末,放在菜里,就成了一种调味品。有人说普罗旺斯草实际上就是新疆的孜然,也就是烤羊肉串时经常使用的一种东西。但这东西显然不如化学成分的味精来得鲜。

中国菜在味精传入之前,在烹饪上主要靠火候、工艺以及菜肴之间的搭配来调理味道。李渔曾经说烧菜的关键是:"有味使之出,无味使之入。"菜与菜之间的搭配尤其重要,比如说笋和肉一起烧,笋和肉的味道都会相当好。过去皇宫的膳食煲鱼翅汤,要先将鱼翅浸水三天,去骨,然后加上老鸡、鸭子和新鲜肘子肉煲成的汤,放入姜、葱,再煲上八九个小时后,汤才会变得原汁原味,鲜美无比。现代中国人肯定不可能这样"白费工夫",现在最简单的方法就是,汤要是不够鲜的话,肯定会加一把味精进去。

所以对于中国目前的烹饪来说,过量地使用味精明显的有一种投机取巧之嫌。而中国菜的味精多而泛滥,这明显地跟中国人的国民心理有关。从某种程度上说,味精就像是一个小小的阴谋,而国人总是擅长一些小小的阴谋,投机取巧,以显出自己的聪明。我的一个朋友,前几日回英国,就从国内带了两袋味精。他说,这平常是不用的,等到请老外时,加上一点,会诓得他们眼睛发直。

读董桥

无事在家读董桥。读董桥的文章真是一件快事。我感觉董桥的文章就像是考究无比的名瓷茶具,有一种无比清洁的精神,白里透彩,既实用而又可以清玩。这样的文字读着让人神清气爽。不像我们所见到的很多文章,总有着一种泼妇骂街的味道,或者怨妇自怜,或者是纯粹的口水之作。

文章与文章是不相同的,文章的精神,实际上也是作者的精神。相比较而言,大陆作家在这方面就有明显的不足。大陆上一代的作家学者写小说、做文章都很沉重,故作姿态,故作深沉,故作使命。

在我看来,一个时代有着一个时代的趣味,也有着一个时代的精神。比如托尔斯泰,那真是属于十九世纪的古典精神,一副较真和严肃,悲天悯人,救人度己。当今社会是不可能产生托尔斯泰这样的大师的。我现在看托尔斯泰,总觉得他的思考和悲悯给人一种"愚公移山"的感觉,似乎不仅是与真理过不去,更是与自己过不去,不把自己打拼下去誓不罢休。现在的人当然不会这样执着,也都是自爱的,一个个聪明刁钻,似乎连什么费神的事都不会去做,尚未下海,便已知"苦海无边"了;尚未前进,便已经"回头是岸"了。现代人最聪明的表现在于什么呢?当然是及时行乐,身体重于意识,行为大于思想。

张国荣

张国荣昨晚自杀。看到一则逸事,对张国荣有了些好感。说是张国荣在拍《霸王别姬》时,给张国荣化妆的一个北京京剧院的大姐平时在家里饱受家庭暴力,经常是鼻青脸肿地来片场。后来电影拍完,全剧组的人以及家属在一起吃庆功宴,刚好那位"野蛮大哥"也在场。就在大家推杯换盏之时,张国荣忍不住了,一拍桌子,冲着那位大姐的丈夫怒吼:"你要是以后对再对她使用暴力,当心我从香港找人废了你!"

张国荣虽然是个女儿心,但仍是个有血性的人。在这一点上,他要比贾宝玉强。

在植物园

合肥的植物园最佳所在算是靠董铺水库那一边了,视野一望无际,水清得泛蓝,看得人神清气爽,天地一体。于是坐在湖畔的树林里什么事也不干,只呆呆地在那里看水。从上午9时一直看到中午12时,一直到饥肠辘辘,才依依不舍地离开。临走时突然发现,我身边的那株玉兰花,来的时候还含羞未放,走的时候,已是姹紫嫣红了。

翻闲书

又是浮生难得半日闲。久雨初晴,春光乍泄,闲来难得好心情,于是倚在书架边胡乱翻旧书。看到一则标题:"养花治懒病,遛狗养精神。"不禁莞尔一笑。这样的对联明显是篡改的。清代张佩纶曾有一首《晚香》诗,写得极好:"市尘知避客,兀坐玩春深。火烬茶烟细,书横竹个阴。惜花生佛意,听雨养诗心。傲吏非真寂,虚空喜足音。"这首诗极有意境,一派高妙豁达。尤其是"惜花生佛意,听雨养诗心"两句,极妙。也难怪李鸿章一眼看中了这个东床快婿。在我以前的笔记本上,还莫名地抄了两句诗,没头没脑的,也不知是谁的,好得也让人神清气爽,那两句诗是:"庭空月无影,梦暖雪生香。"

中国古代的有些人真是不可以小瞧的,高人一拨一拨的。民间也是藏龙卧虎,把人生玩得月夜花影,细雨和风。明朝有一个志明和尚住在南京牛首山,曾写过四十首打油诗,题目竟叫作《牛山四十屁》,每一首都好,极有趣味。最妙的一首叫作《叫春》:"春叫猫儿猫叫春,听它越叫越精神。老僧也有猫儿意,不敢人前叫一声。"

能将诗写得这样洒脱有趣无奈会心的人,必定有人生的大境界了。起码有着苦中作乐、活色生香的悟彻,随处都是真性情,遍体都芳香。所谓俗人说雅话也是俗,雅人说俗话也是雅,真是那么回事。因为雅俗不是表,而是内在的精神。从志明和尚的这一首诗中,我们就可以得出这一点。

暧昧也是一种"禅"

听 JAZZ（爵士）

闲着无事，在家冲了一杯咖啡，一个人听 JAZZ。听了几曲 Diana Krall 的歌，猛醒爵士的好就在于暧昧，既大胆言说，又欲说还休，无可言说。这是一种能将很多细微混合成一种情调的东西，包括场景，包括境况，或许还有心境、眼神什么的，是自我表现，同时也是大胆传递。这一点极像鸡尾酒，不仅仅是各种酒味道的调和，是颜色的调和，也是氛围的调和，然后加在一块，便是暧昧了。

西方的文化当中有很多暧昧的成分，欲说还休，但又不只是防守，还有着进攻性。但东方似乎没有。我经常看电影，电影中东西方女子的眼神往往也是不同的，东方女子只能是含情脉脉，眼神简单而清晰，一目了然；而西方女子的眼神不只是含情脉脉那么简单，往往迷离复杂，可进可退，可攻可守。所以西方文化中情调的骨子是暧昧,因为暧昧,所以西式的咖啡馆、茶吧里的茶客们各自心怀鬼胎。而中式的茶馆呢,有着浓浓的人情味,简单而纯正。

佛学中有着禅,禅也是将很多东西混合在一起,综合着境况和情调,只可体会,难以言说。但禅似乎是清晰的,有着明澈的了悟。而暧昧却是彻底的不清晰,似乎是俗世的禅,是"六根不净"的会心。暧昧与禅共同的一点是,它们都是很难用语言表达清楚的,它们都有着一种语言之后的隐藏。

新 茶

朋友送我新茶,连忙烧水泡茶。我一直喜欢茶叶所带有的那一缕若隐若现的芬芳、简单、亲切、平和、安宁。进得口来,但觉遍体清香,身体中也有一种谐和共鸣。茶的味道真是要加工之后才有的,又想,实际上人生也是,非得要搓、揉、烘、焙,才会有着沁人的芳香。

幸福的家眷

台湾大导演李安拍过一部电影《饮食男女》,女主角是吴倩莲。李安这部电影的主要意思是要说明中国文化在现今的退化。男主人公是一个蜚声遐迩的老厨师。在他凄清的晚年,他无奈地感到一种与自己有关的东西都在这个世界上变得越来越孱弱。

电影的深刻含义我这里就不谈了。我这里只想谈一谈那些幸福的家眷。老厨师丧偶在家,每天最主要的事情就是"买、汰、烧"各式各样好吃的给自己的三个女儿吃。老厨师对女儿非常怜爱,烧得就格外精细,每天都为女儿们端上七碗八碟丰盛的菜肴——这样的情景,真是让人由衷地羡慕!

有一种说法是说选择配偶一定要选一个会烧菜的。因为即使是再美丽英俊的面孔,天天看着也会觉得平淡无奇。而会烧菜则不一样,男人只要一会烧菜,女人就举手投降了;而女人会烧菜,男人就特别愿意回家。

所以幸福的家庭必须有一个"大厨",有这样一个"味精"似的人物,生活就会变得丰富有味一些。北京有一个正走红的女作家前几年跟一个男作家结婚又离婚,时间异常短暂。别人问她对这个男作家的评价,女作家深有感触地说:"这个人几乎没有任何优点,但是菜烧得不错,离婚后最大的遗憾就是没有再吃到那么好的菜了。"

由此可见烹饪在女人心中的地位。

集体主义

出门办事,虽说"非典"流行,但仍到处都是人。有人说国人爱扎堆的病因在于没有内心世界,因此很怕独处和孤独。我觉得这异常正确。印象深刻的是上一辈的人，都是在集体主义的理念下教育出来的，因此携带着很浓重的负效应，就喜欢人多，喜欢一屋子人闲聊，或者有人哄着，说几句亲切肉麻的话。如果身边没有人，就会感到心慌得不行，就有一种莫名的恐慌。

《红楼梦》中的老祖宗贾母也是这样，贾母最喜欢的也就是身边儿女成群，一大堆人在一旁胡天胡地，然后吃五喝六，自是满心的欢喜。贾母实际上是一个有佛心的人，但也有着中国富贵老太太的习惯，喜欢兴师动众，爱听甜言蜜语。贾母最喜欢的人有两个：一是宝玉，那是因为是她的孙子；还有一个则是王熙凤，那是因为能哄她开心。

因朋友力劝，看了香港杜琪峰的一部电影《机动部队》，仍是大失所望。这部香港电影虽然说摄影不错，但仍是有着诸如《无间道》似的毛病，拍得太故作聪明，不能真正地打动人，到了关键时刻底气不足。其实这也是中国文化的弊端之一，缺乏史诗力量，缺乏那种执着的、感动自己也能感动别人的震撼力。导演和作者自己不感动，把拍电影当作与观众赛聪明，这样的结果当然是聪明反被聪明误。一部作品的力量靠的不是聪明，而是契合真理，或者契合情感。没有这两样，当然不可能成为巨作。

韩国电影早年学香港，前几年一部《飞天舞》拍得跟香港过去的功夫片一样烂。后来学欧美，似乎一下子顿悟了，电影里有了力量和灵魂，也有了历史感，能真正地打动人，让人产生震撼和感动。比如《朋友》，比如《醉画仙》等，把人的精神与生命的划痕突出来。韩国电影崛起的根本点在于先找到自己的灵魂,然后以灵魂的力量完成与观众的对接。对于内地和香港电影来说,只有先找到自己的灵魂,接上民族之魂,才能谈得上震撼。

一不小心成"小资"

读《万象》

读《万象》杂志中《〈石语〉题外絮语》一文,看到晚清那些学富五车的文人殚精竭虑,颠沛流离,心里总不是个滋味。我一直认为中国文化尽管博大精深,但它的致命弱点在于对人性的研究太浅,不够深入,因此在整个文化上缺乏强劲的支撑点。因为这一点再加上没有宗教背景等原因,便使得中国传统文化在介入社会、介入统治等方面,有着很多破绽和漏洞,显得不够科学和严谨。中国古代关于人性,只有荀子的"性恶",或者孟子的"性善",反映的是一个事物的两个方面,但也是浅尝辄止,没有再深入下去。中国古代的大思想家大文人对人性深处的细微以及危险之处都缺乏思辨,这也使得整个社会、伦理或者文化架构避免不了人性的弱点,所有的学问,包括一些旁门左道等,"向外求"的成分比较多,"向内求",即方向转向人心深处的比较少。认识水平决定操作水平,在这一点上,中国还有很多课要补。

反观西方,由于有着宗教背景,因为有着上帝,所以就很少有将人神化的传统。从近代到现代的过渡时期,由于诞生了一批哲学家和心理学家,比如说叔本华、尼采、弗洛伊德、弗格森、荣格、萨特等,他们对人和人性问题都有着手术刀似的解剖,透彻甚至刻薄。这些理论的东西慢慢地被社会所认可,所以人们在考虑社会、政治等各方面的问题时总是对人性有所顾忌,就会采取一些限制措施。对这一点最简单的说明就是,总习惯把任何人分成两半,发挥他的这一半,限制他的另一半。

不管怎么说,人性的问题,应该是个根本的问题。我记不清是谁说的了,说是看任何一个人,你都要看看上半身,再看看下半身。看看上半身的时候会崇拜,看看下半身,就会清醒了。因为上半身是上帝的,下半身是魔鬼靡菲斯特的。

总而言之,把人看作人,把人分解成很多块,算是一件科学而理性的事。

丘吉尔说博士论文就像被浸泡的尸体,有着强烈的福尔马林消毒水的味道。这比喻真是绝了。

看《情陷非洲》

看今年的奥斯卡最佳外语片《情陷非洲》,感觉不错,但谈不上很好。电影中的两个场景让人记忆犹新：一个是经常反复，在表达细微情感时所出现的类似比约克嗓音的金属般的吟诵。那是一种上帝的声音吧，想表达的就是那种博爱，那是点睛之处。还有，影片最后，那个德国犹太人从肯尼亚回德国去组建一个法学院了，当地的肯尼亚人对犹太人的十来岁的小女儿说："你很聪明，好好照顾你的父亲吧，他还是个孩子。"然后牵着个狗消失在自然中。

为什么要一个孩子来照顾父亲，而且以为父亲还是个孩子？那是一种简单而最接近于真理的方式吧，实际上在这个世界上，孩子，往往比成年人更接近真理。

J君来信，说我生活得很小资。我真是气不打一处来。我哪是小资呢？我回信反驳说："我从小生在新中国，长在红旗下，连资产阶级长什么样也没见到过。后来，虽然一部分人先富起来了，我的年收入也超过800美元了，但感觉还是无产阶级的一分子，是坚定的先锋队。哈！"

"小资"是个简单化的名词，它暗藏着嫉妒，带有阴谋色彩，就像是一个故意做出来的华丽的屎盆子，然后有点使坏地往人的头上扣。我要挣脱"屎盆子"，向往美好生活。

瑜　伽

无意中打开电视，看到了孙燕姿的一个MTV，拍得相当有意思。孙燕姿真是一个"玉骨"呵,瘦得像非洲的灾民似的。那是因为在练瑜伽吧。

当下练瑜伽的女子尤其多,因为减肥的效果特别好。前几天无意当中就看到了好莱坞影星梅格·瑞恩在大街上等车时情不自禁地练起了瑜伽,被狗仔拍个正着,极有味道。但瑜伽是有着很深的哲学甚至宗教意蕴的。瑜伽练到后来,往往变成自己的游戏,也是一种转化。练瑜伽最好的,算是麦当娜了,据说40多岁的麦当娜正是因为练瑜伽,做善事,才完成了自己的乾坤大挪移,不仅仅是身体变了,练到后来,连心灵都变了。麦当娜以前有一首歌,名字叫作 Like A Virgin,现在唱起来倒合适,她真是一反原先的叛逆和浅薄,变得宁静而幽远,真是有种脱胎换骨的感觉。

前些年看李敖前妻胡茵梦的自传,当中也提到了她练瑜伽搞灵修的过程,似乎也是一种脱胎换骨,眼泪不停地流,一直流干,到了后来,内心一派春光。胡茵梦是一个非常聪明的人,但奇怪的是她对李敖的评价极不好,几乎把他划入"烂文人"的行列。而李敖对胡的评价呢,似乎在某一本书上看到,说胡有着"轻微精神分裂症"。

曾经是夫妇俩的事情,难断。

晚上散步,因为合肥出现了"非典"病人,所以全城的人都有着一种肃穆的感觉,街面上的人少之又少,似乎在我的印象里合肥从未有过如此的宁静和寂寥。恍惚之间,就像来到了国外的城市。

细嚼慢咽

读米兰·昆德拉最近的一部长篇《缓慢》。在这部小说里,昆德拉引述了一个十八世纪的爱情故事,那是发生在摇曳的马车上的恋情,它以缓慢的节奏进行着。昆德拉感叹说:"为什么缓慢的乐趣消失了呢?那些民谣小曲中所歌咏的漂泊的英雄,那些游荡于磨坊、风车之间,酣睡在星座之下的流浪者,他们到哪儿去了?"昆德拉于是对这个世界越来越快的速度发出感叹。因为速度的增快,人性中的痴迷、幻想、迷惘、激情正在慢慢消失。不仅如此,生活中的很多东西都在离人们远去。

我们的世界在某种程度上是在以加速度向前发展着,所有的东西都在提速。而缓慢在变得孱弱,直至消失。我们的生活也是如此,人们总是想跟时间赛跑。重视结果,而忽略过程。比如说烹饪,假如我们的时间变得有限的话,烹饪便不再是一件大众的行动。人们便只是以工业化的食品获取生存的能量。当人们与食物的关系变得生吞活剥之时,一切还有什么味道可言呢!因为省时,人们更多的是喜欢专业性的烹饪,不喜欢自己动手。实际上在服务生端上菜肴的同时,情趣就已经减少一半了。即使是这样,人们还在苛求吃饭的时间,在进食的时间里,我们更多的是看到一个个面色苍白的人在急匆匆地狼吞虎咽。麦当劳、肯德基以及盒饭如雨后春笋般兴起。没有了细嚼慢咽,吃再好的东西也如同嚼蜡。

我之所以喜欢烹饪的理论和操作,那是因为在那个过程中有一种从容不迫和缓慢。一个在缓慢中才能体味到的三昧。由此可见,谈吃也好,听谈吃也好,重要的并不在吃,而在于谈吃亦即对待现实的那种气质和风度。

母 校

母校要搞校庆,碰到 B 君,本想问问他是否参加,但转念一想 B 君是一向反感母校的,这种恩怨起于 B 君在八十年代初考大学时因为重点未取,结果被第一批录取的师范占了先,而在当时,又是不敢不去的,不去,就取消考试的资格。因是强取强买,所以 B 君一直对自己的母校耿耿于怀,总以为那是一场包办婚姻,甚至是某种意义上的"强迫"。我很理解这样的心境,我了解那些包办婚姻,即使是他的人了,也替他生儿育女,甚至儿孙成群了,但内心当中仍是有着怨恨的。我的一个亲戚,一对 80 多岁的夫妇,都儿孙成群了,但前段时间老头子去世,老太太硬是未落一滴眼泪,连灵堂也懒得去。然后,就是有一天,儿女们看见老太太对着发白的远方,长叹一口气,竟有着一种如释重负的感觉———老太太年轻时是被包办的,据说当时上花轿时,哭得连绣花鞋都蹬掉剩一只了。

——接着往下想。一个人与一般学校的缘分呢,似乎是一日夫妻百日恩,处长了,就是你中有我,我中有你,瓜瓜葛葛地连在一起了;至于被名校录取,则像是一生一世的情缘,千年等一回的约会了。

一个人只有一个一辈子,被命运横插一杠子,然后打下命运的烙印无可更改,总会有一种愤愤不平吧。

这么想着,便有一种凄婉的感觉。

坐着方知紫蓬好

去紫蓬山

人说紫蓬好风光,于是便跟朋友一道去了紫蓬山。紫蓬山只是一个小小的山包,但树木葱茏,绿色成荫。也没有什么特别的景致,主要是幽静,有鸟声,少人声,满目都是天然的野趣。其实对于一个地方来说,有没有景点,并不是重要的,重要的是有一种氛围。很多东西一吵闹,就显得没有味道了。

悠悠闲闲地走在山阴道上,有意无意地看,似是而非地想。逢到好的地方就坐下。然后,就细细地感受。坐着与走的感觉是不一样的,甚至与站着的感觉都不一样。人一坐下来,心就闲了,就可以"风来竹面,雁过长空"。譬如,在坐着的时候,我们就可以发现,山谷是有回声的,像躲藏着一个学舌的仙人;有一株树的三根树枝横起来像桌面一样平整;树林里总有莫名的沙沙声;白色的蒲公英是有灵性的,只要一伸手,便如受惊的知了一样兀地飞去……

想起日本古代的俳句,有一种禅意的玄妙:

> 芒草花梢,随风曳摇。
> 不言来否,任君自到。

这可以用来表达我们与紫蓬山的缘分吧。

紫蓬山最生动的还算是鸟声了,山野里一直"布谷,布谷"地叫,实际上布谷的季节早已过去了。鸟有时候就像顽皮的孩子,喜欢一些小小的恶作剧。孩子喜欢不停地喊"狼来了",而鸟呢,则是不停地哄逗着人们布谷。

山上的游客极少,偶尔碰到几个急匆匆赶路的人,短时间便把小小的紫蓬山赶个来回,然后就满头大汗立在那里发牢骚。我们便在一旁独自窃笑。其实紫蓬的好就在于坐,只要坐下来,听听鸟声,看看绿色,便可以觉得平凡的紫蓬,也是余味无穷的。

又想起另一段日本俳句:

> 身如鹪鸟,半空中飘摇。哪里也去不得呀,只好回自己的老巢。

这样的诗句,即使是不念出来,只要想起,也是玄妙颤动的。

给我们开车的师傅叫任乐意,一个非常热心的人,总是乐意给别人帮忙。他说他一看到鸟的样子就想笑,然后就情不自禁地笑出声来。

我想告诉他的是,其实鸟看他时也想笑,并且也会嘿嘿地笑出声来。

李 典

今日突然想,昨日在紫蓬山,是见过李典墓的。当时云里雾里乱走一气之后,突然就来到李典的墓前,也没有看一看墓碑上的生平。今日查《三国志》,关于李典的评价为:"典好学问,贵儒雅,不与诸将争功。敬贤士大夫,恂恂若不及,军中称其长者……"

记得小时候看《三国演义》连环画,印象中的李典总是头顶一个布帽子,有一点络腮胡,似乎连一句台词都没有,老实得要命,只是拱手作揖听命。李典与于禁、乐进好像是属于一个档次的,都是属于二三流的粗人。刘备在荆州时,曹操曾派夏侯率军打新野,李典当时是副将,夏侯莽撞着要进攻,李典当时好像是力谏的,但夏侯自负起来像头牛,结果给出山的孔明一把火烧得狼狈而逃。

李典后来就辅佐张辽了,依旧当他的副手,应该在合肥待过吧,然后36岁时英年早逝。

李典活着的时候不引人注目,死了也不显山露水。李典为什么不把自己的墓址放在城里呢?完全可以跟张辽待在一起。不过这也许是李典的聪明之处,愿当配角,自甘平凡。

智者与庸者从表面上看往往都是一样的。李典是智者,还是庸者呢?

还是大智若愚的可能性更大一点。

夜航船

张宗子(岱)曾写过一部名为《夜航船》的书,在书中,张宗子云:"天下学问,唯夜航船最难对付。"张宗子所说的"夜航船",系一些旁门左道的功夫,上自天文,下至地理,三教九流,诸子百家,人伦政事,草木花卉,鬼神怪异,非常高妙。在卷十九《物理部·饮食》一章中,张岱写道:"炙肉,以芝麻花为末,置肉上,则油不流。糟蟹久则沙,见灯亦沙,用皂角一寸置瓶下,则不沙。煮老鸡,以山楂煮即烂,或用白梅煮,亦妙。酱内生蛆,以马草乌碎切入之,蛆即死。食蒜后,生姜、枣子同食少许,则不臭……"

张宗子是一个神仙般的人。他的前半生过着极其优游闲适的生活,他自己写道:"少为纨绔子弟,极爱繁华。好精舍、好美婢、好娈童、好鲜衣、好美食、好骏马、好华灯、好烟火、好梨园、好鼓吹、好古董、好花鸟……劳碌半生,皆成梦幻。"而他的后半生,正好赶上了明末大动乱,于是便"披发入山,布衣蔬食,常至断炊"。

比较起大多数人生活的平实和枯燥,张宗子应该是一个另类。但这样诗意的人生方式更多的是自己创造出来的,是独立选择的结果。一个会生活的人,往往是对生命和世界理解得比较透彻的人。而一直到现在,正统的教育就是让人生背负着沉重的包袱,去做"作茧自缚"的创造,从不教人怎样享受美丽人生,将人生的乐趣与存在的价值对立起来了。这样的结果往往使一个人的存在目的有着莫名其妙的悲壮意味。

这里还有一个辛酸而幽默的"夜航船"故事。清朝时金圣叹为抗议朝廷无道,伙合一群秀才去哭太庙,罪论大辟。临死之前,金说他有一个万金之方要告诉儿子,监斩官好奇,准金的儿子见他。及至来时,金圣叹向儿子嘱咐:"花生米与五香干同嚼,有金华火腿风味。此万金不传之秘。"

金圣叹最后的"幽默"正说明中国文人的两面性。其实对于金圣叹来说,平日里研究研究《水浒传》《三国演义》,弄一弄"夜航船"不也挺好吗?何必弄什么政治的"劳什子",把脑袋丢了呢?

翻《大学》

站在书架边乱翻书,突然就翻到了《大学》。于是打开,又读了头一句:"大学之道,在明明德,在亲民,在止于至善。知止而后有定,定而后能静,静而后能安,安而后能虑,虑而后能得。"

实际上学问有两种：一是内明之学，二是外用之学。所谓"内明之学"，指的是打开自己心房的学问；而外用之学呢，我想，现在的法律、新闻、建筑、电脑等，包括厨师培训、美容培训之类技能方面的东西，都可以算是外用吧。

但两者也是相通的，互为支撑。外用之学，最好有着深厚的内明基础，这样的话，才有大出息、大成就；而内明到一定程度，也要选择外用加以表现，否则就容易湮没。大学之道最终目标是"内圣而外王"，就是由内明而达外用。朱子所说"格物致知，诚意正心修身，齐家治国平天下"，指的就是如此吧。

晚上，才想起这几天由于忙，似乎没认真喝茶了，只觉得口痒难耐。于是便烧水沏茶，沏出来的毛峰通透新绿，一呷，但觉神清气爽，便随着清香化去了。

茶真是好东西，岂止是醒脑消疲，开胃生津，喝着它，有很多东西都可以想得通透。

真僧最言家常话

看电影《雨果·阿黛丽的故事》

看电影《雨果·阿黛丽的故事》。这是法国"新浪潮"特吕弗的作品。对于我来说,在法国"新浪潮"的一帮人当中,我最喜欢的是戈达尔,最可以接受的是特吕弗,因为特吕弗看起来似乎最传统,他的电影也能看下去。阿黛尔是法国大作家维克多·雨果的女儿,她千里迢迢来到美国,是因为爱上一个年轻的英国军官,一片痴情,而那个年轻的军官一点也不爱她,一切都是阴差阳错。爱就是这样吧,总有点莽里莽撞,似乎也有着欺骗性,有时候自己也不明白为什么会爱上一个人,或者是不是爱这个人。很多时候是以为爱着,其实并不爱。其实特吕弗想说的不是一个爱情故事,他想说明的就是——阿黛尔其实并不是爱上了那个军官,她是爱上了自己的无畏行为,自己为自己所感动。

吃过饭去看一个长辈。长辈说前一段时间有人给他介绍对象,是某小学退休教师。女的主动上门,开门见山,表明了自己的意图,三句话之后,突然问:"你离婚不是因为性生活问题吧?"一时大煞风景,连忙找了个借口送出门。然后一个人在屋子里想起来都后怕。晚年婚姻现实到如此程度,不禁让人徒叹奈何。

悟　道

H 君来 E,云真是后悔读博士,常有放弃的念头,因为整天读的都是无用之书、无趣之书,还有一些乱七八糟的论文写作。所以昨天晚上读书后心情惨淡,跑去大排档,大吃一通,先是两个茶叶蛋,然后换了摊位,在一位叫旺角的香港点心店,又要了一碗皮蛋粥、一碟豆豉排骨、一碗云吞面,把惨淡的心情一扫而空。此时方才知道:"食欲,这东西果然重要!"

我哈哈一笑,随手几个字:"真是悟道呵!"

悟道是什么? 就是本来就有的东西,后来忽略或忘却,再后来重新找回,有种豁然开朗的感觉。就比如现在狱中的王怀忠,每逢放风之时,就会情不自禁地想:"自由和生命是如此地重要,原来不顾一切地捞浮财、想升迁是多么的不必要啊!"

这样花了巨大代价悟出的简单道理,就是一种大彻大悟。

想起不丹宗萨钦哲仁波切的一件事,有一天仁波切在国外给一帮高僧大德、居士先生讲课,原先说好是几点的,但听众们等呀等,仁波切一直未到。一个小时后,仁波切终于到了,落座之后开口就说:"我给诸位道歉了,没有什么原因,都是我身边的秘书女人们一个劲地在那里描眉毛、抹口红,然后就害得我……"

台下一直静盼"大道"的听众们一下子怔住了,俄顷,响起了掌声。真僧才言家常话,至情至性方是本。人们一下子就明白了所谓的至理。

与朋友通电话,谈起"小女人散文",Y君的说法是:"少女时候一派伤春思春;结婚之后便能闻到老公的汗臊味了;等到生了孩子,文章便散发着一股奶水味。"

损,但很形象。

公园景象

昨晚因与两个好友在常春藤聊天,喝了许多茶,本以为难以入眠,但一躺下便睡着了,倒是清晨即醒,再也无法入睡。于是起床来到西山公园,算是清晨的散步吧。真是没想到平时幽静的西山公园竟如此热闹,有大批的晨练者,一派生机勃勃。趣味真的在于发现,闲庭信步随意看去,总有一些东西妙趣横生:

一个80多岁的老太太先是双腿劈成"一"字,然后站在树边将脚尖举过头顶,看得我目瞪口呆。

一个中年人,带着一只小黑狗,那小黑狗真是调皮呵,老头每次做俯卧撑,那狗便跑到人背上去,骑着主人,悠然自得,让人看得心花怒放。

一个老头,在水边静静钓鱼,突然就激动地发一声喊,拎起钓竿,引来了周围关注的目光。其实那哪里叫鱼呢,就只有半寸长吧,眼神不好的,只怕是看不真切。然后所有的观众都乐了:"这是人钓鱼呢,还是鱼钓人呢?"

新的一天,若能从这样的趣味中开始,便会变得愉快轻松。

羊肉的花样年华

有一次我在公共汽车上遇到了一个新疆人,他显得开心无比,一路放歌,我们都用一种奇怪的眼神瞅着他。他意识到了,咧着个嘴向众人解释道,在合肥,他开了一家烤羊肉铺,才几个月,收入就相当好,因此不由自主地开心。我们便笑着问他新疆的情况,说新疆是个好地方。他操着半生不熟的汉语感叹说:"有钱就是好地方!合肥也是好地方!"他说,他没有想到合肥人这么喜欢吃羊肉!等到自己卖羊肉串赚足钱了,就开一家烤全羊馆,把新疆的烤全羊带到合肥来,那一定生意更好!

现在似乎真是羊肉的花样年华了。而在原先,合肥以及南方一带的人是不大吃羊肉的。但如今,羊肉馆如雨后春笋一般涌现出来,而且生意都很好。比如说双岗附近一个河南人开的红焖羊肉馆,每天都是食客盈门。在那儿,用蓝边碗盛,一碗十元钱,那里的羊肉烧得很嫩,味道很足,没有膻味,一个人往往能吃上好几碗。再比如说安徽大剧院门口的烤羊肉串,生意也出奇地好。我们单位的几个人都吃出瘾来了。

　　我最喜欢吃的还是涮羊肉。我每次去北京都要去东来顺吃上一回。一般涮羊肉的锅里都放一点海虾米以及几片干香菇,有的则什么都不放,就来一点姜片。涮羊肉其实是一个很优雅的功夫活,用筷子将薄薄的羊肉搛住,放入沸汤之中,一顿,再一涮,然后提起来,蘸上一点佐料,入口即化,鲜美无比。当然,最好的羊肉据说在羊脖子之后,那一块肉据说色如脂玉,最嫩最鲜,连生吃都有一种甜味,放在水中一涮,入口即化,连嚼都是不需要的。涮羊肉的佐料是很讲究的,有芝麻酱、花生酱、豆腐乳、虾酱、韭菜花酱等,也可以自己带佐料。京剧名角马连良先生每次到东来顺都是自己带佐料,他的佐料是什么,谁也不知道。马连良先生涮的方法也特别,提起筷子只是在沸水中蘸一下,不停顿,羊肉就带着血丝吃。这样的吃法,是地道"老北京"的吃法。

　　羊肉空前火爆,我想原因主要在于:一是羊肉鲜美,比较嫩香,有活力;二是羊肉的脂肪比较好,蛋白质多,营养价值比较高;三是羊肉可以滋阴壮阳。而这些对于越来越实用的现代人来说,肯定是难以拒绝的。

冬虫夏草

星期六,无事翻看《药物大全》,见到冬虫夏草一节,便认真地读了下去。

我曾在云南看到过很多冬虫夏草,卖得很贵,说是滋阴壮阳,尤其是润肺益肾,效果奇佳。但当地人告诉我们那都是假的,都是人造的。问他们冬虫夏草到底是什么,似乎都说不清楚;看,也看不出所以然。《药物大全》介绍说,冬虫夏草既是植物,也像是动物。它的根部是一种虫,有着红色的头和嘴,还有八对整齐的脚,但头部却长了一株小草出来,看起来非常神秘。冬草的成因也相当有意思——在青藏高原与云贵高原雪线地带,生长着一种昆虫,叫虫草蝙蝠蛾,每到春季,产卵孵化并蜕皮成为如蚕一样的幼虫,以后便长得白白胖胖开始越冬。此时恰巧有一种叫虫草菌的子囊孢子成熟,随风飞扬渗入泥土,一旦遇到蛰居在土中的蝙蝠蛾幼虫,便自然而然地钻入虫体,以其为媒介,生长发育,而虫便一个劲地挣扎,这样争斗的结果,也就成了半荤半素的冬虫夏草了。

我在想,也可能是双方撕心裂肺争夺的过程特别长,所以都调动全部的力量,拼死争斗,加上又生长在雪线之上雪地之中,一切你死我活都是在地下,耗去的能量少,所以这样局面下产生的东西,想必是大补了。

自然界的有些事情真是奇妙,往往都是点石成金,"无心插柳柳成荫",诗情画意中,充满着"十步一杀"。相比较而言,人类往往都是"有心栽花花不发"。这是因为什么呢?是因为人太功利了,总是想走捷径达到目的。目的性太强了,反而会失去过程中的很多美丽。

我一直对于中药、中医有着相当的兴趣,原先是这当中有很多东西非常好玩,有着妙趣横生的细节和故事。但中医似乎一直缺乏坚实的理论基础,很多东西都是靠感觉、靠传说、靠经验,比如说李时珍的《本草纲目》,现在看起来,有很多东西纯粹就是"胡扯一通,信口雌黄"。

冬虫夏草的形成过程就像阿加莎·克里斯蒂的谋杀案故事,让我看得开心无比。

傍晚在街道上散步,合肥几乎已恢复正常了,不像前些日子,在街面上走着,似乎都像是雄赳赳的勇士。在一家碟屋,看见有那么多好片子寂寥地待在那儿,不由得怜香惜玉,感觉就像一大群美女嫁不出去似的,本想再纳入室,但一想,这是要犯"重婚罪"的。不禁莞尔一笑。

失恋就像患感冒

闲读《齐亚诺日记》

闲读《齐亚诺日记》。齐亚诺是意大利法西斯首领墨索里尼的女婿,曾经当过宣传部副部长及外交部部长等职务,帮墨索里尼干过不少坏事。后来齐亚诺曾参与密谋,推翻了墨索里尼,但自己落入了德国人的虎口,最后遭到了枪决。从日记中可以看出,尽管齐亚诺身居要职,但是诚惶诚恐,伴君如伴虎,内心也异常痛苦。齐亚诺最后的背叛,与其说是有着正义和天命的想法,还不如说是心理压力过大的结果。齐亚诺就想,与其这样蝇营狗苟地活着,不如干脆赌上一把。齐亚诺有一句话写得非常好:"元首的疯狂已成为他的门徒们所信仰的一种宗教。"似乎都是这样,希特勒是这样,墨索里尼是这样,萨达姆、拉登也是这样。

齐亚诺还是有相当人情味的,他的保姆逝世,齐亚诺心中尤其感伤,他写道:"爱米利亚今晚去世,我的另一部分青春也随她一起逝去。也许世上不曾有人在我身上花费过如此亲切而持久的温情。在她眼中,我从未长大成人——成年、青年、少年都一样。她总是以我童年时对我的那种关怀照料我。她慷慨、诚恳、忠厚之至。继我父亲和玛丽亚逝世以后,今天在我的一生中使我最感悲伤。"

齐亚诺还是一介书生呵!想起一则定义——什么叫知识分子(书生)?就是喜欢记日记、爱写作、崇拜大海的人。什么叫艺术家?就是能歌善舞、会模仿、会撒不伤害人的谎的人。

百无一用是书生,书生哪里斗得过魔鬼呢!

饮食大势藏玄机

饮食大势与天下大势一样,也是暗藏玄机的。中国的菜肴这几年呈现出区域性的流行,也是暗合着某种规律。

粤菜就像一夜暴发的淘金者。所以从二十世纪九十年代开始,以"海上鲜"为标志的粤菜风行天下。粤菜主要以高档位的海鲜、鱼翅、龙虾等为主,同时借鉴了西洋饮食一些烹饪手法。因为九十年代初整个社会比较浮躁,人也是刚从饥饿的年代过来,口腹之欲如笼中之兽。所以请客,越穷就越挥霍,就越请高档的,粤菜风行也就是这个道理。

川菜就是市井的平民。九十年代中期,川菜开始在全国悄悄扩张,诸如谭鱼头等火锅店,在全国也声名大噪。这时候中国普通市民收入相对增加,有了一点余钱,也渴望能进馆子吃饭。相对而言,川菜价格低廉,人情味较重,比较符合大众的消费。与此同时,湘菜似乎也有着振兴的趋势,在全国也纷纷扩张。合肥当时就有着湘菜的"毛家饭店"等。

现在流行现代观念,做人,也流行斯文儒雅的"雅痞",无疑,江浙菜就是这样的"雅痞"。江浙菜原来就曾风靡一时,新中国成立前曾经叫"官菜",因为蒋介石等一大批国民党要员都是江浙人。江浙菜的风格比较清淡、精细,荤素搭配,兼容并蓄,不偏激,既有海味,也有山珍。江浙菜给人的感觉就是斯文而亲切,家常而平和。而且兴起的江浙菜还带有浓烈的现代经营方式,集约化,规模庞大,服务周到,场面上也不输于人。所以一时间江浙菜在全国范围内迅猛走红。同时兴起的,还有闽菜与潮州菜。江浙菜、沪帮菜、闽菜和潮州菜在味道上也显得比较清淡,口味适中,理性平和,营养均衡,也比较符合现代人生活的特点和要求。

当然也有一些菜系一直显得不温不火,比如东北菜、鲁菜,但北方菜一直都有着莽汉的气质,太性情,在现代社会难入主流。还有一些土菜什么的,村姑野老,虽然亲切无比,但毕竟不能登堂入室。所以土菜除了偶尔搞怪之外,其他的,都是成不了什么大气候的。

表面上看是菜系上的潮起潮落,其实细细地追究起来,那是因为经济和人口的原因。粤菜在九十年代大红火,最主要的是当时广东经济发达,粤人走天下,天下人下广东。走天下的粤人要吃粤菜,下过广东的天下人要吃粤菜,粤菜岂有不红之理?同样,到了九十年代末,江浙经济在全国领先,江浙人在全中国范围内做生意,所到之处,都嚷嚷着要吃江浙菜,杭帮菜焉能不红火?

还有一个原因则是人多,川菜之所以全国遍布,跟天府之国里有上亿的川人有关。川人走遍全国,尽传麻辣涮。而且川菜相对价格低廉,老少咸宜,所以必然也就形成了另一股潜流。这就如同中国菜在世界上的地位,那叫"有钱的捧个钱场,没钱的捧个人场"。

至于湘菜和土菜,湘菜曾经叫作"军菜",清朝末年由于曾国藩"湘军"的兴起,湘菜传遍全国。但湘菜似乎太辣,太生猛,像一个扎着绑腿的汉子,尽管有着野性,但太过质朴,也犟头倔脑,场面上还是有着缺陷的,所以还是很难真正地红火起来。

土菜就像村里的小芳,也只是在无事时回味一下,或者只是有事无事时的一点姿态。而且土菜鱼龙混杂,没有统一的标准,没有系统,要想真正地红起来,根本不可能。

现在都在谈论徽菜的振兴。其实当年徽菜兴盛,那是因为当年徽商的发达。发达的徽商们在全国各地都要吃家乡菜,所以徽菜自然大大沾光。而现在徽商式微,安徽经济欠把火候,徽菜自然也有着同样的命运。至于徽菜油味太重等原因,那都不是硬道理,只有发展才是硬道理。这一点,想一想麦当劳和肯德基就明白了。麦当劳和肯德基之所以风行全球,是由于它的味道吗?恐怕不是,能使他风行的,是青春有趣,以及强大的美国经济和文化。

同理,你知道泰国和越南有什么好吃的吗?肯定不知道,也不会有太大的兴趣。而泰国和越南想必好吃的东西也会不少,但在目前的情况下,泰国菜和越南菜能成主流吗?当然不可能。

一阴一阳谓之道。饮食风行的道理,也是世界万事万物的道理。

翻《王维诗选》

想起一些事情就好笑,一大早到街上吃早点,吃完后顺脚就进了一家书店,七翻八选之际,竟一下子买了十几本书。清晨之时,左右都是急匆匆赶路的人,我拎着一捆重重的书在大街上走,真是有点格格不入。

回来后翻买来的《王维诗选》。我一直喜欢王摩诘,远甚于李杜。王维的诗好在清淡、简远、自然,有一种悟彻了的禅意。包括这本书在内,现在很多人在评价某个人物时,往往只是理解他的文字意思,而对于作者的博大心胸以及精神境界认识不足,所以评价中往往有一点"不知冷暖"。这样的感觉就如同小学生写人物,似乎是在画像,但无论怎么画,都有着孩子式的浅显,因为理解不了大人,离人物的精神世界相去很远。

王维在盛唐时文学地位远高于李白和杜甫,但在唐朝式微时却排名落后了。这是什么原因呢？历史上曾有过很多争论。我想，国力和人心应是根本吧，一个国家国力弱的时候，往往呼唤着洪钟大吕，呼唤阳刚和精气神，呼唤着入世关怀；等到实力强劲了，制度开明了，反而会将很多东西看得平淡了，就会推崇自然和质朴，推崇艺术的真正润滑力。这一点就如一个人，生病和体弱的时候是多么渴望身体强健呵，有着壮士情怀；等到身体强健了，那种强烈的东西便会消失了，便会喜欢一些有趣有味的事情。

世界上很多复杂的问题，必须要用最简单的方法来加以思考。记得孟德斯鸠好像说过这样一句话："当法庭将案子弄得复杂无比时，这时最好的方法，就是问问外面的孩子。"因为最简单的，往往是最根本的。

莫名地收到一个不知名的女孩的 E-mail，叙述了她失恋了，不知道该如何是好。我回信说，失恋就像患感冒，不需要打针吃药，也不需要到处倾诉，只需静养七日，到时肯定会好。

这话不是我说的，是蒙田说的。

我想下辈子变成鸟

去牯牛降

去牯牛降。热浪滚滚,灰尘蔽天。但车进了石台境内,突然如换了一方天地似的,方觉得那真是好。尤其是秋浦两岸,一派青山绿水,静谧宁静,就像是没有污染似的。这恐怕是皖南最好的一块地方了。不像现在的徽州,因为太出名,总散发着酸暖的市井气。

车进石台县城,从窗口向外望,大桥下河里的水仍很清澈,有顽童在水里嬉戏。这样的情景,似乎一下子倒回三十年前。三十年前,皖南遍地是这样的情景,只是这么多年来,一点一点不情愿地改变,到了后来,才发现一切都面目全非。想起来都觉得有点心痛。

到达山脚已是晚上9点了,气温骤降,我们如山野的风一样潜入。放下行李,兴奋不已,赤着脚下到了小溪里,心里一派清明剔透。我们将手电搁在石头上,然后赤身裸体享受着天浴。水清凉无比,似乎连身体都能够感觉到水和空气的甜味。身边左右都是萤火虫,有着明明灭灭的诗意。看得久了,就产生了幻觉,似乎我们的尾部也能一闪一闪地发出光来。

入夜很久了,仍躺在农家院落的木床上看星星,这是近十年来首次纳凉。第一次觉得无所事事也是一件很快乐的事,而且比有所事事更为快乐。我的头顶上满是灿烂的星空,我的正上方有一颗星,很大很亮。我们彼此凝视。

我躺在无垠的星空下,心存感激,眼泪都差点流出来了。

严家村

醒得早,起来后沿着小山村的青石板路散步。村里的人都起来了,有人扛着个锄头,大约是要下地吧,看见我,露出个憨厚的笑,斜斜地就走了。我在村子里面用脚走了一个圆,也只花了十分钟。这让我弄清了小山村的全貌。这是一个只有几十户人家的小山村,叫严家村,全集中在山坳之中、溪水之旁。村中有一个古老的祠堂,阴森森的,张贴着一些字画,比较翔实地介绍着这一段历史。相传居住者为汉朝时严子陵的后人,真是难怪。古人安身立命之地,大都是选择风景优美地势偏僻的地方,以求天人合一,至于交通和物质上什么的,似乎不在考虑之列。这样的想法很是纯粹。

在严家村村口处独坐,风从四面八方吹过来,没有头,也没有尾。村口一般都是村子的精华处,像一篇好文章的开头,遍是秀美和神韵。严家村的村口静谧、开阔,风景极好,两棵古树高入云端,站立着,像是村落的门神。我在古树下坐得久了,便感觉到一种凛凛之气从海底穴涌上来,直通百会穴,然后"小周天"畅快通达。

上午开始爬牯牛降。天闷热难耐,浑身被汗得透湿,人穿行在密林之中,道路极险峻。这样的吃苦耐劳,终究不是我辈所做的事情。所以走到一半,就撤回了。想想也是,何必劳体费心要征服什么山峦呢?此处最悠闲的,应该就是闲逛了。似乎登山是为了征服,是一种对抗,是意气用事,而我们的乐处,则是和谐,是融入山水。这样想着,便心安理得了。

但仍有收获,在山上看到一个形状如草叶一样的虫子,还有一个全绿色的瓢虫,伏在草丛中,几乎分辨不出。自然界中总有一些出人意料的东西。这些生物为什么会变成这种模样呢?那是因为它们一心想着要变,一心一意地想,然后笃信自己会变。于是,时间慢慢地过去,突然有一天它们真的就变成了那个样子。

这样的变化,也叫"心想事成"吧?

我想下辈子变成鸟,那就从现在开始想。

秋浦河漂流

在秋浦河漂流,是最惬意的事情了。坐在竹筏之上,凉风扑面,看着岸上的人们一个个汗流浃背,人人顶着条大毛巾,心里直觉得好笑。水上岸上,咫尺之间,就是两个世界了。这样的状态还使我们产生错觉,似乎盛夏就像一大群毛手毛脚的小妖精,一直缠着我们,撵着我们,而当我们逃上竹筏时,他们便扑通通地落入了水中。

水总是有着诗意的。一有水,似乎人就变得濡湿温柔,也变得机智才气,所以竹筏上总是笑声不断。我从来没有看到过一个人在碧波之上的竹筏上发火。你曾看到过有人在这样的环境里发火吗?

等车,在街头看人打牌。想起一个比喻:实际上人生也像打牌,前半局还是认认真真,思考着,算计着,而到了后半局,出牌就会变得相当随意,漫不经心中,牌就完了。人的后半生也是这样,大都是马马虎虎的,稀里糊涂中一生就没了。

读《麦哲伦·哥伦布》

读茨威格的《麦哲伦·哥伦布》。我一直对人类历史上的探险家极感兴趣。我明白了为什么在欧洲,葡萄牙和西班牙这两个不太引人注目的国家会有那么大的探险欲望。显然,这与当时的社会形势以及君主的喜好与倡导有关,但更重要的,应该是一个国家的国民性和文化传统。西班牙民族就是那样的天真、浪漫、凶狠、贪婪,充满着孩子气,胸无城府,知其不可为而为之。这一点就像塞万提斯的《堂吉诃德》,总是有着那种提着长矛撞向风车的勇气和愚钝。实际上理解了堂吉诃德,就完全可以理解西班牙人的性格和精神了。哥伦布发现美洲新大陆,以及后来的葡萄牙人麦哲伦受西班牙指派环球航行,都是这种性格的集中展示。

文学艺术作品的伟大之处就在于以一个人的典型性展示一个国家的国民性,比如堂吉诃德,那就是西班牙人的国民性;阿Q,就是中国人的国民性;阿甘,是美国人性格的代表。这些都是不朽的巨作。

这段时间一直高温,热得人什么都干不成,只是不由自主地想伸长舌头。下午上班,从环城公园内的阴凉处走,看见一只漂亮的猫在树底下避暑,昏昏欲睡,一副无精打采状;不由得突生爱怜,走上前去跟猫说话。那猫不耐烦地看着我,就像一个未午睡的干部面对着上访的群众。说了几句之后,猫似乎有点不耐烦地扭过头去。于是顿觉无趣,只好悻悻走开。

饮食风情谈

当代名士、学人文怀沙曾经在一次讲学中说,女孩子可以略输文采,不可稍逊风骚。略输文采只是少知少识,稍逊风骚则是无风无趣了。老头子说得好啊,尤其是从晦暗年代走出来的人,能说这样的妙语,让人颔首之余,石破天惊。

饮食与女人一样,也是有着风情的。饮食讲究色香味器:色便同女人的长相,要五官端正,越漂亮越好;香,是气质,要雍容大度,不同凡响;味,即文怀沙所说的风骚,要余味深长,不能味同嚼蜡;至于器,则是装扮,要有个性。食色,性也,花不能语最可人,菜不能语也风情。好的佳肴和好女子一样,是妙不可言的。一盘好菜端上来,刹那间便有一见钟情的感觉,于是方寸大乱,亲近之心情不自禁,涎水直流,瞳仁发亮。这样的生理反应如同见到沉鱼落雁。一盘好菜就是这样,外部要漂亮,富有气质,淡雅流芳;内部要风骚性感,妖冶可人。这样一口咬下去,先是不涩不凝,不滑不腻,然后便意味深长,余音袅袅,绕梁三匝。都说秀色如餐,其实说佳肴如秀也是完全行得通的。

就八大菜系而言,鲁菜就如同一个气度不凡的北方贵妇人,因为有历史也有文化,让人起着敬畏之心;湘菜如同湘妹子,俊俏而泼辣,生动而多情;川菜,则是一个泼辣风情的少妇,看起来家常,换了衣服之后也可变得鲜亮无比,进得了厨房,上得了厅堂。

川菜与湘菜有点相似,只不过一个是婚前,一个是婚后;一个是清纯,一个则是风韵。粤菜,则如一个比较开放的南方女子,风流而性感,在大多数时间她更适合做情人,彼此间一月见一次正好。闽菜,则如海边的女子,风情和体贴都不缺,有点常吃常鲜的感觉。至于淮扬菜,优雅而雍容,有文化,能吟咏作画,上场面是没有问题的,上八仙桌也是可以的,但整体上略输新奇,缺少一点风骚和野性。徽菜和浙菜,则像先结婚后恋爱的老婆,刚开始吃起来没觉得新鲜,也平淡,但长久地吃下去,习惯了,反而越吃越有味,也没有厌倦的时候。至于西洋大餐,就像外国电影中的艳遇,偶然地想象一下——落花流水终归去,毕竟不是同路人。

　　记不清谁说的了,有什么样的地方,就有什么样的女人;有什么样的女人,就有什么样的生活。家常之理往往就是至理。比如日本,日本的女子看起来娴静、清纯,骨子里却着一种看不见的风骚,所以日本的菜也如同日本女人一样,表面上看起来清淡、漂亮、可人,骨子里却有着一种肆意和嚣张,比如生鱼芥末。法国大餐与法国女人一样,性感迷人,色彩斑斓,华丽由里及表。董桥说英国女人是世界上最古董、最没有风情的女人,英国的菜肴也是。英国人的看法是,品评食物,跟品评女人一样,是没有教养的。所以一路把食物弄得难吃下去,在难吃中带有一点傲慢。阿城说英国人是怎样把菜做得难吃就怎样做,戏谑中带有一点刻薄,却非常形象。巴西的女人,似乎跟巴西烧烤一样充满能量,充满性感,富有攻击性。至于美国女子,简约得如同麦当劳、肯德基一样,有

桃红梨白菜花黄 | 219

着头脑简单的朝气蓬勃,也有着化繁为简的智慧。

都说男人是花心的,朝三暮四、喜新厌旧、见异思迁,但其实男人也挺固执,每个男人心中都有自己喜欢的女人,也有自己喜欢的菜。如同贾宝玉对着金陵十二钗的天姿国色,吃着碗里的,看着锅里的,每一个妹妹都想怜惜一番,但还是最喜欢林妹妹。这样的感觉还如同一个从小自卑的读书郎,出人头地之后,总想着天天当新郎,夜夜入洞房,餐餐有佳肴,倚枕梦黄粱,但毕竟还是人在曹营心在汉,自己的家乡菜却是一定忘不了的。就像胡适之,吃过多少好吃的东西啊,但难以忘怀的,还是绩溪的"一品锅"。

美味佳肴,让人难忘;大千世界,皆是风情。

在鹿特茶吧

晚上,与几个同事来到鹿特茶吧坐。这是一家温州人开的茶吧,里面的装潢堪称一流。老板姓叶,是一个典型的温州人。温州人的观念就是不一样,叶老板说他每天只睡三个小时,除了这家茶吧之外,他在温州还有两个公司,在合肥还有一个公司。我问他赚钱累吗,他说像他这样的人是没有资格谈累的,只有一年赚一亿元以上的人,才能说自己累,因为毕竟可以算是成功了,而没有成功的男人,是不能谈累的,一谈累,再想起自己的未成功,便有点无地自容了。

回来看电视,是韩剧吧,一个少妇,爱上了一个男人,就像初恋,有一天突然接到那个人的电话,然后,就一个人抿着嘴笑呵,一个人笑了一晚上。

这样的感觉就叫暗妙。

张家界顶有神仙

听弦乐四重奏

出门总有一种莫名其妙的恐慌和兴奋,尤其是黄金周时的出门,很有点大义凛然的感觉。一直到在车厢内坐定,才稍稍平静下来,看着窗外奔跑的人群,忽然觉得出游就像是轰轰烈烈去赶一个集体的庙会。

旅途最是无聊寂寞,便在车上戴上耳机听贝多芬弦乐四重奏。这算是贝多芬最好的作品之一了。贝多芬的好就在于广博,他可以说是经历了人类的所有思想和情绪,心路历程尤其广远,起伏也最大,从谷底到山尖的历程都有。所以很难说贝多芬是哪个流派,或者哪种风格的。贝多芬是超越的,他不同于巴赫,也不同于莫扎特。他的悲苦中似乎透露着欢欣,而欢欣中似乎又有着无法摆脱的悲苦。这一点就如同淤泥里长出来的荷花,虽是单纯,却是最复杂的产物。欢欣与痛苦是难以分割的,就如同荷花的泥淖与美丽一样。而巴赫呢,有着永恒的宁静和单纯,有着高贵的单一。莫扎特,则是从不让自己肮脏而混乱的生活影响音乐世界,他的精神就如同钻石一样,干净、华丽、透明。音乐于他,就像一个美丽的谎言。

相比较而言,中国文化在理解抽象与虚玄方面,总是显得力不从心。以音乐为例,在以音乐理解世界精神方面,西洋音乐要比中国传统音乐广博得多,中国传统音乐,最多是表现一种浅层次的欢乐,或者是浅层次的迷乱。两者根本不在一个层次上。

CD机似乎有点问题,各个乐章总是没有固定的秩序,听起来支离破碎,仿佛时间也变得混乱不堪。我就在支离破碎的音乐中,自得其乐,度过了一整天。

黄石寨

火车上的时间仍然漫长,昨天傍晚到南昌火车站转车,看到广场前的人山人海,不由得顿生感慨。想中国文化真是可以说是"人多的文化"。一个地方的文化就如同一个人的性格,是受着很多事情左右的。同理,西方文化可称为"人少的文化"。最简单的例子就是,在人多环境里长大的孩子,往往很难静下心来,性格上会浮躁而简单,反省意识不强;而在人少的地方长大的孩子,就容易敏感、幽闭,反省的能力强。这样的生长背景,表现在中国民间文化中,往往带有很多好大喜功的成分,简单、开朗、浮躁、忍耐力强、浅尝辄止;而西方人由于相对内向,所以在民间就有着理性、幽远、敏感等特点。

中午到的张家界,下午就急匆匆赶到景区的黄石寨。中国的名胜风景总是与名人有关,也与佛道有关。张家界名字的由来据说是由于汉朝的谋士张良。传说刘邦得天下之后,谋士张良料到必定会"狡兔死,走狗烹",打包走人后就来到湘西,张家界也因而得名。至于黄石寨,那是因为张良的师傅黄石公的缘故——刘邦后来派军队来除张良,此前传授张良兵书的师傅黄石公又帮了张良一个忙,张良才得以逃脱。

中国的优秀人才为什么喜欢山水呢?那都是一种逃避吧,无可奈何,只好眼不见为净。关于政治制度,中国历史上的英杰们一直没有找到一种最合理也最科学的机制,于是往往在同流合污一阵之后,就心灰意懒地逃遁,转而隐逸山水之中。此所谓"仁者乐山,智者乐水"。这样的想法明显是单干,是自己快乐,而不是伙同大家一起把事情做好,一同快乐。

黄石寨确实很美,山极清秀、料峭、奇崛、不阴鸷,有着一种超凡脱俗的仙气。坐缆车到山顶后,但见烟笼雾罩,美不胜收。朱镕基题诗曰:"湘西一梦六十年,故地依稀别有天。吉首学中多俊彦,张家界顶有神仙。熙熙新市人兴旺,濯濯童山意快然。浩浩汤汤何日现,葱茏不见梦难圆。"这"张家界顶有神仙"一句,写得尤其好。在张家界顶,总有一点飘飘欲仙的感觉,似乎双肋生翼,然后便会身轻如燕,踩朵云彩飞起来。

晚上,住张家界,山中尤其清冷,也寂静,连鸟叫都没有,在这清静无为的地方,一夜无梦。

金鞭溪

雨天游金鞭溪算是别有一番情趣。人尤其多,长长的队伍将 6 公里长的金鞭溪排得满满的。因为雨下得大,人们都穿着一次性雨衣,所以看起来不像是旅游,倒是像是长长的长征队伍。在这样风吹雨打下,人们哪有游历的兴趣呢?看也是装模作样的,听也是似是而非,就像是一队雨天里的企鹅,呆头呆脑的,找不到回家的路。

雨中最有生命力的就是植物了,似乎能感到每一株植物都在疯长,然后边长边唱。闭上眼睛听,似乎能听到整个山谷都在哗哗地歌唱。

雨稍停,午饭后坐小火车看"十里画廊"。米开朗琪罗说:"至美的东西会让我看到神。""十里画廊"差一点让我泪流满面。

晚上,在张家界市的街头散步,一拐,就上了有名的小吃一条街,浓烟滚滚,肉香弥漫。张家界的烧烤似乎与其他地方的不太一样,用的是纤细的竹丝,串上细嫩的羊肉。问询价格时,摊主居然爱理不理。硬着头皮买了一些,一咬,居然口齿生香,味道极佳。想想当地人的倨傲似乎是有道理的,真人不露相,山野市井之中,能做出如此美味来,难怪可以"狗不理"。

媒　子

游宝峰湖。湖坐落在高山之中,水深数百米,真可谓是高峡平湖,一泓碧水,清幽无比。虽然游人极多,但坐船航行在湖泊之中,仍会觉得异常安静。自然界总潜藏着一种神秘的力量,能化嘈杂于寂静,化浮躁于安宁,化繁复于简单。大象无形,大音希声,大道无言。自然中无所不在的幽气,能将人的聪明和力量化为乌有。

湖中小岛边的小舢板上有唱歌的阿妹和阿哥,等到游船靠近了,众人一齐吆喝,他们便会现身唱一曲民歌。这样的东西明显是人工的艺术。想起去年在广西阳朔,也是游历一个最一般的湖,船行到一个拐角处,突然就出现了一群光着上身、穿着虎皮裙的"原始人",男男女女,一个个在那里"杭育,杭育"地大叫,把大家吓了一大跳。这明显也是一群"媒子"。居然也有游客天真地问:"这里这么原始吗?还有野人?"

切——人,有的时候,真是笨极了。

青云谱

中午到了南昌。寻着地图,便摸索着去了青云谱的八大山人纪念馆。因是阴雨天气，几乎没有游人，青云谱内显得格外静谧。在一个拐角处寻到八大山人的墓，临碧水，倚老树，煞是风光。树有三株，一株是500年的樟树，两株是400年的楮树。树老成精，老树，总让人情不自禁地肃穆起来。

青云谱内大多是八大山人作品的仿制品，这些我是不要看的。但也有他的真迹，画的是鸡呀鸟呀什么的，表情枯寡乖戾。那样的表情，想必就是八大山人本人吧。画为心声，就如同人的面相，凡是面色与行为料峭的，心中总有一些愤愤不平的东西；而内心平静的，面相也肯定是平静的。对于八大山人来说，也许一切归结于国破家亡的仇恨，但他们朱家的天下不也是巧取豪夺来的吗？最终的结果也是扯平了事。

如果把中国画拿到世界艺术的坐标系当中来看，便也可以挑出它的弱点来了。中国画中，人物画比较薄弱，说得好听是只求"神似"而不求"形似"，说得不好听那是在耍聪明，走避重就轻的路。中国文化在某种程度上明显地带有农业社会生产的特点，做事比较粗糙，在思维上缺理性，不精细。中国文化还有一个致命的弱点就是对人的认识比较肤浅，对人性的认识不透彻，也就限制了在很多方面的深入，包括政治上，包括经济上，也包括道德上和艺术上。就拿画来说，由于对人的认识不够，所以对于人体的结构模糊不清，中国画的人物大都是头大、身小、腿短，即使是唐伯虎的仕女画，虽是疏朗而有神气，但眉眼也是不能细细揣摩的，只能在气韵和线条上一咏三叹。

人一多,也就不把人当回事了。所以中国文化在很大程度上也就懒得研究人了,在审美上转而钟情于山水,或者花鸟走兽。自然中有"物以稀为贵"的法则,任何东西只要一多,就会自然而然地贬值。人一多,最贱的也就是人了,包括人的性命。所以中国历史上一直不把人当回事,政治忽视人,道德忽视人,文化也忽视人。中国的画家们也懒得画人,宁愿去临摹山水,借物言志。

"青云谱"建于康熙之年,是一个道观,朱耷当年曾经当过十年的道士,然后才出家当的和尚。这样的狷介之人,当然不可能明心见性,但在艺术上还是造诣极深的。八大山人主要是找到了艺术真的一面,并且能够随意泼洒。艺术只要一真实,便会让人不敢小觑。道观的正面写着"青云谱"三个字,而背面呢,影影绰绰的,写的却是"众妙之门"。道教与佛教的理念是不一样的,佛教是求无所求,是"空";而道教还是有所求的,想得道成仙长生不老。能够把人看作"众妙"的,一定是不简单之人。

晚上,在离滕王阁不远处的游船上吃饭,船泊在赣江上面,从这里看滕王阁,巍然屹立,金碧辉煌。江风吹拂过来,有一股浓浓的腥味。猛一吸,才知道,这才是真正的空气,是贯穿数千年的空灵之气。

胡适也曾打过架

去上海

乘火车去上海。在车厢里面读《茶经》有一种别样的感觉。《茶经》这本被后人奉为圭臬的东西,现在看起来倒也寻常。是因为当时喝茶的风气尚未形成吧,制茶的方式也跟现在不大一样,而陆羽发现了茶叶这一块天地,于是写了一本见闻似的东西,罗列了一些现象,就起名为《茶经》了。现在看来,这本书最大的好处是让当时很多人知道了茶,对茶产生了兴趣,茶由《茶经》得以推广开来。但茶艺发展到今天这一步,这本《茶经》只能算是通俗读本了。

不完全是《茶经》,其实很多东西都是这样。地位,只是历史地位,而从专业的水平来看,有着历史地位的东西不一定代表着专业的高度。比如二十世纪八十年代的文学,现在看来,那种滥情和浅薄,真有点惨不忍睹的感觉。

　　下午3点半到达上海。一个胖子在我身边打开密码箱,我无意中瞥了一眼,里面只有几件换洗衣服及几包香烟,想起他腆着肚皮雄赳赳拎着密码箱走上火车的酷劲,心里竟一片大失所望。
　　都是让香港电影给害的。

　　晚上,查志华老师带我们去和平饭店。这家位于外滩近100年的老饭店有着一种独特的情调。在一楼的咖啡吧,上海市老年爵士乐队在演奏。在老饭店里看老年乐队的表演,真是别有味道。这些"花老头"都是70岁以上的人了,领带服装一丝不苟,精神抖擞,中气很足,可以连续演出好几个小时。尤其是领头那个打架子鼓的,据说年纪80多岁了,仍风度翩翩,在演出过程中始终闭着个眼睛,收放自如,一副"随心所欲,不逾矩"的天人合一模样。据说这拨人新中国成立前就是在歌舞厅里演奏爵士的,新中国成立后失散了,各自谋生,改革开放之后,又重新拢在一块。"老上海"身上往往残留些西方人的气质,绅士、工整、注意细节。上海人气质为什么不一样?那是曾经殖民地的残留。
　　咖啡吧里外国人很多,据说和平饭店的咖啡吧在远东一带非常有名。灯光暗淡的拐角,一个中年西方妇女带着一男一女两个孩子也在泡吧,气质优雅无比。西方人一般都比较安静,他们可以连续待上几个小时而不说一句话。不像国人,在一起不说话就极可能是赌气。

乘电梯去了和平饭店的楼顶。灯火通明,整个外滩尽收眼底。我在那里站了一段时间,感觉上海轰轰烈烈地从脚下走过。这样的情景让我产生一种错觉,似乎是时间也是一种禁不住寂寞的东西,它总是车水马龙,喧哗着、呼啸着穿行而过。

在街头

我喜欢静静地在上海的街头看人,看美女,看外国人,看神采飞扬的少年。我最不喜欢看的就是看那些肠肥脑满的生意人,以及眉头紧锁的干部。中午没事,我一个人慢慢从南京路踱到福州路,然后又从福州路踱到江西路、九江路。我绕了一个圈,我看着眼前的车水马龙,想象着上海的凡尘故事,就像在暖暖的冬日里看着阳光下舞蹈的灰尘。

坐在南京路街心公园听两个上海老人在聊天,聊的都是鸡毛蒜皮、三姑六婆。方言往往很有意思,比如上海话最适合在市井街头议论家长里短,有一种天生的世俗人情味;北京话就适合在茶馆里高谈阔论牛皮哄哄,可以说一些不负责任的话;而广东话,天生地暗藏着一种色情和铜臭的成分,我的一个闯荡江湖的朋友曾经戏言,他一听到广东话,就有一种看毛片的感觉。

一个老人兀自在公园里行走,腰杆笔直,我注意到他的目光,空而呆滞,他的口中也念念有词。走上十步以后,老人总是猛地一转身,回头再走上十步,步履矫健而专一。一个中年妇女在一旁漠然瞅着他。我猜测他大概是解放战争时投诚过来的老国军。

我所住的新城饭店建于 1936 年,也是上海著名的老饭店之一。栖息在这样的老饭店让人开心。老房子总会让人产生一些联想,比如我一个人待在饭店里的时候,就会想象一个风雪之夜,壁炉噼噼啪啪地冒着火花,然后听到恐怖的脚步声,一声一声地叩过来。

参　观

参观上海通用汽车公司以及科技馆。现代科技总有点化腐朽为神奇的感觉,比如通用的流水作业,足球场那么大的车间,这边的汽车空壳进去,那边的汽车就开出了,这样的感觉就像是一个巨大的胎盘,作业的工人就是细胞,然后胎盘一动,一个怪胎就呱呱坠地了。

科技馆里的"听鬼叫"很有意思,我们一起待在一个黑咕隆咚的小房子里,关了灯,闭上眼,然后给我们戴上高保真的耳机。我们可以听见耳机里的风雪声、叩门声、磨刀声以及鬼叫的声音,连座位也撼得摇摇晃晃。我身边的同行吓得山呼海啸,我扑哧一下,差点笑出声来。我不是无畏,是天生对现代科技迟钝。汽车上一直在讨论上海的男人和女人。外地的同人们总是忍不住要对家常的上海男人进行攻击。同车的《解放日报》季振邦老师一番高论则让大家哑口无言："男人的魅力在于忙,而女人的魅力在于闲,似乎是女人一忙起来,便没有魅力,而一闲,女人味道就百分百地显现出来了。"

季老师的话极其精辟。我在想,女人的魅力不仅仅在于闲,更在于懒,似乎是一慵懒,便百媚俱生了。对女人的欣赏,看样子上海男人深得三昧。《花样年华》中的张曼玉为什么有魅力?那是因为什么事都不做,连饭也懒得烧,干脆提着个瓷缸去买云吞。连买云吞的动作都是慵懒的,所以才有"蓬咔咔"的音乐绕梁三匝。

胡适的故事

在饭店里翻看有关上海的书。无意中看到最初在《上海滩》杂志上登载的一个故事:1910年,19岁的胡适从绩溪到了上海,当时因为家道中落,生活日益拮据,情绪异常低沉。为了消愁解闷,胡适便时常和一帮朋友上馆子、推牌九,逛窑子、喝花酒。有一天雨夜,胡适因喝醉酒在外滩附近的租界跟巡捕发生冲突,还一怒跟巡捕厮打起来,结果被众巡捕抓到了巡捕房。待到酒醒之后,胡适幡然醒悟,觉得不应该就这样虚度时光,于是留学美国,开始了他的求学生涯。

胡适给人的印象一直是极其儒雅的,没想到还有着这样的冲动,真是别有一番情趣。在我所读的很多关于胡适的书籍中,似乎从未提及这一段往事。《胡适自传》以及《胡适口述自传》中对这段事情有提及,但似乎都没有讲详细,也可能是觉得自己这一段经历不光彩吧。其实想想也没有什么,少年的时候,有谁能保证自己不鲁莽呢!只有先愚钝和鲁莽,然后才能有着从容不迫的大智慧。

胡适还是一个悲剧人物,一个杰弗逊似的人杰,只可惜一直没有机会展示他的儒雅政治。36个博士的空头衔有什么用呢?文凭就像笔挺的外套,一个人穿一件在身就够了,要是将36件笔挺的外套全穿在身上,总有一种"小丑"的感觉。南怀瑾说胡博士一生净做浅薄的事,话虽然说得尖刻,从这一点看,还是有点道理的。

好书如同好女人

跌　跤

读《万象》2003年第8期上王安忆的一个读书笔记,吃惊之余,惭愧备至。一个人,居然能读那么多书,而且读得那么细,中间的细枝末节都没有丢失,方方面面也谈得头头是道。而那当中有些书我居然连名字都没有听过,真是让人汗颜。

这样的渊博总给人以压力。学问就如同厚实的衣服,一个人没有学问,就如同没有穿衣似的,给人看得通体透明。在一些大家面前,我时常都有着一种赤身裸体的感觉,感觉到心不踏实,有一种凉风习习的担惊受怕。

看到一个熟人,只是几个月没有见面了,蓦地,就觉得他一下老了,原来是英俊的、性感的,洋溢着青春魅力,但几个月之后,双鬓就呈花白,连腰也佝偻起来。女人是慢慢老的,光阴一寸一寸地挨上来;而男人是突然老的,仿佛一脚悬空,就从阶梯上跌下,摔得面目全非。男人有时候一年之中不是老了1岁,而是10岁;而下一个一年,则又仿佛是老了20岁。

在街头看到一个女子,大约是60岁了,却一副少女打扮,连红头绳也扎着,让人看得目瞪口呆。李敖曾经说过一句话,大意是,女演员一般都会经过三个阶段:奇怪期、搞怪期和妖怪期。其实何止是女演员呢,很多女人都是这样,开始的时候奇奇怪怪难以捉摸,因为难以捉摸,所以让人失魂落魄;而30岁以后随着落花流水,自信心也没了,于是开始搞怪,装神弄鬼者有之,画蛇添足者有之;而到了50岁以后还要装性感、装纯情,便变成彻底的妖怪了。

饮食的历史

星斗转移,情随事迁。八大菜系鲁、川、苏、粤、湘、徽、浙、闽的发展,也暗含着历史的味道。

鲁菜总是给人以长者之风。它是八大菜系当中历史比较早的,是中原地区悠久文化的产物。比较而言,鲁菜在选料以及烹饪上也带有相当的古拙,比如技艺上的拔丝以及糖醋,比如烹饪上的烤、炸、糟,还有在选料上,喜欢用鲤鱼、鲂鱼等内陆鱼种,就携有悠悠的远古遗风。

粤菜则比较年轻,像是一个不羁而开放的海派青年。因为离中原文化地带比较远,因此在烹饪手法上顾忌也少。粤菜相对而言用料庞杂,善于变化,并且可以看出西洋烹饪的痕迹,比如说色淡、清爽、鲜嫩、半生半熟等。再比如说焗以及烘,这就完全是西洋烹饪的手法了。这当中最著名的当属果汁肉脯,典型的西洋做法,特点是汁不入肉,主料是主料,佐料是佐料,分得很清楚。另外粤菜也有一部分携有西洋烹饪的野蛮,比如说烤乳猪,将乳猪开大腹,排开,先烧内腔而后烧外皮,在涂料以及火候方面十分讲究,要"色如琥珀,又类真金",并且皮脆肉软,表里浓香。陈果的电影《香港有个好莱坞》就有着很多烤乳猪的场景,两个巨大的胖子扛着乳猪,那场面让人看得油腻无比。

徽菜从广义上讲,指的是安徽菜,但安徽菜从淮北到江南相差很大。因此正宗的徽菜应该是指徽州菜。徽州菜是典型的山区菜,在用料以及烹饪上也带有山区的特点。比如说山区的水质矿物质成分多,土质碱分大,比较缺油,所以山区菜一般来说都重色重油,也重烧法。徽菜中有"红烧果子狸",果子狸的肉与其他动物的肉不一样,肥瘦相间,有胶质,有嚼头。徽菜从总体上来说比较家常,像是殷实人家的小康菜肴。

湘菜与川菜的味道跟地域也有很大关系。它们共同的特点是讲究麻辣,重佐料,这也是由于气候和环境的影响。这两个地方都是水系特别发达的地方,气候湿热,汗出不来,所以习惯于借助麻辣发汗。湘菜是以辣为主,万种滋味都被辣罩住了。川菜则相对丰富一些,有"七滋八味"之说,七滋即甜、酸、麻、辣、苦、香、咸,八味即鱼香、酸辣、椒麻、怪味、麻辣、红油、姜汁、家常。一种菜如此地重视调味品,天下之中,也可能只有它了。这是变着法儿整自己的味觉,有点刁钻古怪的感觉。

相比较而言,闽菜清鲜、淡爽、偏于甜酸,尤其讲究调汤。闽菜有一个很大的特点是善用红糟做调料,手法有炝糟、醉糟、爆糟、拉糟、煎糟、火工糟等;跟鲁菜相一致的,还有用酱,比如说辣椒酱、沙茶酱、芥末酱等。闽菜与粤菜一样,也擅长煲汤。闽菜中最著名的当属"佛跳墙",这名字取得好,形象而幽默。"佛跳墙"感觉就是把无数的好东西放在一个大坛子里,密封,然后用文火慢慢地煨,一直可以煨上个几天几夜。然后开坛,刹那间,天上人间彼此不分。

苏菜主要是由淮扬菜、苏锡菜和徐海菜三帮地方风味菜组成。这当中最有影响力的是淮扬菜,因为有历史,有文化延伸,也有文化人物,比如说曹雪芹和袁枚。淮扬菜主要特点是讲究选料,注重火工,多用炖、焖、煨、焐之法,重视清洁,强调本味,突出主料,色调雅淡,造型清新,口味平和,这很符合现代人的特点。与苏菜相似的,还有浙菜。由于靠山靠海,浙菜在材料中海味和山珍也多一点,做法也精细一些,接近于家常。苏菜感觉上像是一个雍容的大家闺秀,而浙菜则是精明强干的小家碧玉。

中国的烹饪是从夏朝开始的。最初时,当然谈不上烹饪,都是刀耕火种维持口腹。到了商代，人们的味蕾有要求了，开始讲究饮食的调理，也沉耽于饮食的味道。商代因为有了剩余产品，也发明了钱币，便开始挥霍了。据史料记载，商朝人是整日沉浸于酒肉林池之中，大吃大喝。其实当时的酒也只不过是一些果酒而已，用粮食酿酒还没有出现。"商"是什么意思？从象形来看，就是在一个屋檐下有张大大的口，这也可见商代吃风盛行。因为欲望的泛滥，又没有相应的道德约束，所以就出现了商纣王这样的昏君，民风也无节制。商朝坐吃山空之后，周朝取而代之。周朝建立之后，意识到对于人的欲望不可以无节制了，于是便发明了一整套道德礼仪，对人们的行为加以约束，生活也变得俭朴。周朝时最流行的便是吃粥，而且不讲味道，只讲究吃的分量。周王每吃完一次之后，都要虚情假意地放下用具，要大臣们在旁边劝说一下，才肯再吃一碗。周朝为什么要如此俭朴地对待食物？那是因为怕，因为食物是暗藏着一些东西的，有一种无坚不摧的蛊惑力。

凌波微步

天气极好，沐在冬日的阳光底下读董桥。董桥的文章真是妙啊，仿佛用文字在世间走着"凌波微步"。他对于读书也有着活色生香的感觉，干脆抄录一段吧：

人与书跟男人和女人的关系有点像。字典之类的参考书是妻子,常在身边为宜,但是翻了一辈子未必可以烂熟。诗词小说只当是可以迷死人的艳遇,事后追忆起来总是甜的。又长又深的学术著作,是半老的女人,非打十二分精神不足以深解,有的当然还有点风韵,最要命的是后头还有一大串的注文,不肯罢休。至于政治评论、时事杂文等集子,都是现买现卖,不外是青楼上的姑娘,亲热一下也就完了,明天再看,就不是那么回事了。倒过来说,女人看书也会有这些感情上的区分,字典参考书是丈夫,应该可以陪一辈子。诗词小说不是婚外关系,就是初恋心情,又紧张又迷惘。学术著作是中年男子,婆婆妈妈,过分周到,临走还要殷勤半天,怕你说他不够体贴。政治评论、时事杂文,正如外国酒店客房里的一场春梦,旅行完了,也就完了。

董桥说得对,好书就如同好女人,花不能语尽妩媚,书不能言最可人。一个好女人必定是懂得人们心理的,一本好书、一篇好文章也应该是这样;道理深深的,说出来却是浅浅的,深入浅出,九浅一深;要有一种亲切感,要有风情,有魅力,有着人见人爱的气质;要余言未尽,不要和盘托出……但现在的很多书不是这样,大多数书像妓女,风骚满脸,却是无心无肺,有钱便能进进出出;有的书像泼妇,张嘴就骂,怨天尤人;有的书像荡妇,一上来就脱,然后胡搅蛮缠;而有的书味同嚼蜡,像人人逃避的恶妇……

安魂曲

冬日清冷。这段时间也真是怪,接触的东西大都与死亡有关。今天看柏拉图的一篇文章《苏格拉底之死》,平静的笔触充满着静穆的忧伤。苏格拉底真是了不起的人物,他在濒临死亡的时候竟然那么安详、那么坦然,仿佛不是死去,而是入眠。他喝下毒药之前是安静的,喝毒药的过程中是坦然的,喝毒药之后同样也是祥和的。不仅仅是认命,还有着清醒,对于人世的清醒以及人情世故的清醒。柏拉图的文字也给人一种传染力,一种静穆中的震撼。这样的濒死安详,又有几个能有呢?

同样,有关死亡的很多东西也是这样的。这段时间听的几首曲子,莫扎特的《安魂曲》,勃拉姆斯的《德意志安魂曲》,也与死亡有关。但两者的风格是不一样的。后者传达的是一种静穆和深沉,博大而忧郁。但我一直奇怪的是莫扎特的《安魂曲》为什么有着一种轻快的成分,里面满是对于死亡的敬畏、平静、认命,甚至有着亲切的成分。也许在纯真的莫扎特的眼中,死亡并不是忧郁的、充满着不可知的冷色的东西,而是彩色的、充满着灵动气息的另一种生命。而莫扎特,就是想以一种无比热爱的方式去亲近这种不可知,他甚至在曲中表达了对于死亡的热切盼望。这样的热切当然会毁掉一个人,所以莫扎特在《安魂曲》没有写完时就撒手人寰,但可以肯定的是,他是在死亡中找到了自己的温馨之家。

桃红梨白菜花黄 | 241

人对于死亡的态度,最是能看出一个人的修行和境界,很多东西在生的时候都是虚假的,当死亡真正到来的时候嘴脸便大暴露了。比如萨达姆,那么一个暴戾的枭雄,平日里不可一世,临到死亡了,便变得贪生怕死,人格的低下便完全地暴露出来了。

吃完饭后沿金寨路散步。金寨路边上有一个摆摊的老头忒有意思,不管酷暑寒冬,都戴着个礼帽,然后端坐在那里,纹丝不动,看起来定力极好。他所摆的烟摊货不多,一个招牌倒是极其醒目,上面写着"丐老朽小烟摊,概不赊账"。这老头很像一个市井高人。

合肥是个文学学士

文学学士

呵呵,合肥有时给人的感觉就像一个呆头呆脑的文学学士,虽有一肚子花花肠子,但对于大场面和非常节日却有点手足无措,所以每逢花前月下或者情人圣诞的时候,它总是笨手笨脚,虽是亦步亦趋,但步点总是划不出纯粹一点的浪漫,像一个彻头彻尾的毛脚女婿。

平安夜为了找乐,就便去市体育馆看了一场奥地利莫扎特交响乐团的演出。这个乐团虽然追究不出个来由,但因为是从音乐之都奥地利来的正宗老外,所以还是吸引了相当多的观众。那些老外果然十分敬业,态度严谨而细致,处处也能显出优雅来,他们坐在那里专注地演奏着,仿佛身体通亮,风轻云淡。想起谷崎润一郎曾经提到过东西方人的区别,用在这里倒是异常贴切。谷崎说西方人的身体是通亮的,里面好像有灯光,是从里亮到外面;而东方人却有着阴翳,有着一种隐藏不住的暗影。因为身体本来所带来的东西影响着审美标准和趋向,所以西方人比较喜欢明亮的东西,而东方人则非常会利用阴暗来制造艺术。这样的感觉不存臧否,倒是极为独特的。

乐团还算不错,听众也很认真,但可惜的是场地里的音响效果比较差。比音响还差的是场地,坐在高高的看台上看演出,一不留神间,有就一种在大棚中看俄罗斯大马戏团的恍惚。

出得门来。夜晚的街头到处都是小青年,成双成对的,戴着个圣诞帽,也拿着个气球。但大街上一片冷清,商店也不解风情地早早关门了。街头只是偶尔地有点小小的礼花扑哧闪一下,显出一点不同寻常。对于合肥来说,青年人的圣诞热情就如同一个单相思的剃头挑子,有一种一头冷一头热的感觉。

大　家

什么是大家?大家就是世事洞明,大家就是甘居平淡。读杨绛的《我们仨》,就有这样的感觉。这样的文字一点也不带烟火味,有的只是认命以及认命之后的淡定乐观。一切都不大惊小怪,只有一种最基本的圆融和真诚,还有最真实的情感。正应了"见山还是山,见水还是水",这是境界的第三个层次了。一个人精神和学问登峰造极,又反过来自甘渺小、恭敬谦让,那便有了八风不动的神圣气象,便是完美的圆融了。

杨绛的文字也好,清且慧,比钱钟书的文字还好。这样的文字,非得是异常干净的人才写得出来。文章做到极处,无有他奇,只是恰好;做人也是这样,人品做到极处,无有他异,只是本然。

《人物志》说察人:"不观道,只观德;不观方法,只看气象。"只有"德""气"极度盈满的人,才可谓是真正的大家。就像杨绛与钱钟书,还有汪曾祺等,真是"虽是肉身人,却有凌霄气"。

有点空闲了,什么也不想做,连书也不想读,就听罗西尼的《弦乐奏鸣曲》,异常沉醉。音乐有一种功能,它能把人化掉,柔柔之间,能让人变得松软无力,仿佛一切都可有可无。我就是这样一个人,可以一动不动地呆坐几个小时,心甘情愿地被音乐化掉。非想非分之想,欲仙欲死。

晚上喝酒,因为有一个漂亮又善饮的主持人在场,所以一群汉子都喝得有点多。一个女子,如果又漂亮,又善饮,又能言善道,善解人意,而且还可以自己不喝酒让别人喝,那她便可以轻而易举到罗马了。

饮食男女

无事在想中国饮食与性压抑的关系。

我曾说出了一个谬论,大胆地推断出中国食文化之所以发达,那是因为跟中国人长期的性压抑有关。细细地想来,这推断还真有点道理。世界上还没有一个民族有着那么重的封建礼教和条条框框。从人的本身而言,封建礼教和条条框框束缚最大的是什么?那当然是性了。

孔子是将饮食与男女之事并列的。孔子说:"食色,性也。"既然是本能,就不应是什么洪水猛兽。但在孔子之后,尤其程朱理学兴旺之后,男女之事便变得讳莫如深。长此以往,按照"谬论"而言,只好以吃来宣泄了。饮食文章越做越玄,也越做越深。中国饮食文化最发达的明清时代,恰恰就是封建礼教最为严酷的明清时期,不知道这算不算是一个巧合。吃与男女之事是不能相比,吃的东西是越做越复杂的,越做越烦琐。而男女之事到处都是一样的,先都是些诗呀花呀什么的,再后来都是弄到床上去了。所以说关于性的问题是"化繁为简",而关于吃的问题是"化简为繁"。

饮食与男女之事,在中国的历史上根本就不是天平的两边。在面上,中国的饮食文化过于发达,性文化则看起来相对瘸腿。但实际上,中国的色情文化也有着一股潜流。世界上可能没有一个国家像中国一样对于"房中术"有着深入得近乎病态的研究。在中国的民间,诸如"春宫图"之类的东西总是在暗中流行,很多"春宫图"都成为姑娘出嫁压箱的宝贝。前段时间我在黟县就看到过好几幅骨头镌刻的"春宫图",极有一番人间情趣。这却发生在理学祖师爷诞生的徽州,流传在矗立着无数贞节牌坊的皖南。深入地想想,这个看似很怪的现象却具有相当的合理性。

现在再提中国饮食之所以发达的重要原因在于性压抑,也许人们能够接受一些了。有时候就是这样,很多东西乍听起来风马牛不相及,但细细地一想,却发现它们的根是缠绕在一起的。

年 关

每到年关,似乎总有一点伤感。伤感什么呢?似乎连自己也不明白。晚上别人请吃饭,一大堆半大不小的汉子,平日里在一起有说有笑的,但到岁末年初的交界线上时,都显得心事重重,话也说得颠颠倒倒的。人一过 30 岁,过年就没有心境了,而对待新年的态度,就像小时候磨磨蹭蹭地去上政治课。点菜的时候,想羊年就快过去了,便有心点了一个羊腿,但咬在嘴里,也是味同嚼蜡,毫无平日的口齿生津。

悻悻地就回去。街头只有一些年轻人在活蹦乱跳,似乎是年一过,世界便离他们近了一些。他们是野蛮地想往世界的中心闯,而我们总是不愿意退出。25 岁以前的人才喜欢过年;25 岁之后,见到年就像见到一个打扮得华丽的乞丐,总是心里瑟瑟的,想躲得远远的。时间就像碎银子,总想紧紧地攥着,给也不是,不给也不是,犹豫之中,时间就变成鱼,悄无声息地从指缝间溜得无影无踪了。

临半夜了,室外有人零星地放起了爆竹,似乎不见热闹,反而更见冷清。一个人在黑暗中看意大利电影《木屐树》,这片子拍得极朴素,镜头是典型的凝视,无欲而忧伤,一派慈爱、宽容、戏谑和幽默。凝视往往是需要情怀的,人心正,才会凝视;心不正,往往就斜视了,就是觑、睨、瞅、睇、睃、探、窥、眄、瞟等。一凝视,就显得很尊重,有感恩心态,这样的电影就像是一部充满着自然主义的人类版的"动物世界"。以看众生的方式看人,所有的镜头都有着一种别样的大美,看了让人不禁想泪流满面。

但鼻子酸了半天,仍是没有哭出来。

临安湖州流水账

临　安

　　从合肥到临安足足有5个小时。刚从热烘烘的车中出来，就感到一股清新的空气扑面而来，肺叶像被一杯清凉的水浇了一下。这也难怪，临安四面环山，森林覆盖率很高，空气里当然有着馨香了，甚至有着甜味。临安的街景也好，干净、雅致，倘若把商店门前的广告牌换成外文，就像置身国外小城似的。街头随处可见独特的花圃，都是用原木制成的，有序地放在大街上，有一大群蝴蝶花、红喇叭花或者一些叫不出名字的花在里面蹦蹦跳跳，啦啦队一样喊着口号。

　　晚餐时开会的人陆陆续续都见到了。除了我们几个传统写字者外，主要的都是一些网络上很有名的写手。他们装扮得都很前卫，亲亲热热、打打闹闹，很有点网友见面的样子。他们的言谈也怪,不时有一些网络术语蹦出来,就像一帮土匪在说着黑话。我们一帮上了年纪的人顿觉哑口无言。我身边有一个剃着光头、端坐如松的中年广告人一开始一言不发,后来竟莫名兴奋地说起钱穆、李泽厚来了,而且说得口若悬河。这时候我们似乎有点醒过来了,我和李平易一个劲地跟这个"民间高人"斗起酒来——喝了啤酒喝白酒,喝了白酒喝红酒,喝了红酒喝黄酒。

晚上,在临安市的钱王广场上散步。晚风习习,吹得人舒服无比。都说临安杭州一带是有名的"温柔乡",此语一点不虚。杭州湾自古就是鱼米之乡,山清水秀人杰地灵,涌现出无数才子佳人。这样的"温柔乡",必然也会产生"温柔乡文化",在吴越文化中,就有很大这样的成分。这样的原因是什么呢?我想,那是因为清风明月的缘故。一个地方无事时总是有轻风吹拂,有明月高悬,那一定会有着轻盈之气的。这里的轻风就像美女呵出的气息。只有"香气如兰",才能环佩叮当。在这样的气息里,人们很容易迷顿茫然,不思进取,欲仙欲死。

躺在宾馆的床上,仍在考虑着"温柔乡"的问题。其实"温柔乡文化"并不错,法国巴黎以及意大利的威尼斯都是这种文化的代表,表现为柔软、香糯、甜腻、奢靡、迷离之风,堪称人类文明的"南柯一梦"。但杭州湾一带的"温柔乡文化"终究没有成大器,那是不合"天时地利人和"的缘故。宋朝是一个文化与商业发达的朝代,但天时不允许,北方正好有西夏、辽、金以及后来的蒙古,虎视眈眈蠢蠢欲动。一帮拿毛笔吟诗作画的书生哪里打得过这些茹毛饮血的蛮族呢？所以只有被掳北方"坐井观天"的命。这点也如同古罗马，那么一个艺术和科学都达到很高程度的国度，最后竟然让野蛮人给灭了。这也是时也，运也。

艺术总是娇贵的命，就像一个大户人家的小姐，在平静奢靡的生活中才能尽显芳华；而在乱世，往往是蓬头垢面，遭人凌辱；在商业社会，又往往守不住寂寞，下作卖春。

钱王陵

上午去了临安著名的钱王陵。钱王叫钱镠，是五代十国时的吴越王。钱镠出身贫寒，在特定的政治格局中，创建了吴越国，成为雄峙一方的霸主。史书上说钱镠虽然是一介武夫，却把自己的小国打理得井井有条，构筑海塘兴修水利、奖励农耕发展农桑、通航通商发展贸易等。这在当时穷兵黩武的军阀中，可以说是一个另类。因此吴越国在钱镠手中和平安宁，国力大增。除此之外，钱镠还把当时的苏州、杭州等城市也建设得像模像样。钱镠从公元907年当上吴越王开始，历经"三世五王"，到了其孙子钱弘手里，辖一军十州八十六县，五十五万七百户，十一万王军。但就是在这样的国力下，钱弘却"纳土归宋"，投诚了赵家王朝。这样的行为，真实想法是什么，不得而知，但据说是钱镠的遗嘱，是钱镠不想让自己的百姓以及基业毁于兵燹，皇帝姓什么无所谓，重要的是百姓苍生。这样的行为，当然是一种大义，也是一种无私。

据说钱家归顺之后,赵家十分感动,所以宋朝时修《百家姓》,"赵钱孙李",把钱姓列为第二。这也是从文化上对钱家的补偿。

钱王陵掩映在一片葱茏之中,整座小山都是钱镠的墓。据说钱镠的墓是华东地区保存最完好的陵墓,历史上一直没有遭人盗抢。在钱王陵的纪念馆里,我看到了很多钱氏后裔的名录,古代的不说,光现当代的,就有钱其琛、钱三强、钱学森、钱穆、钱钟书、钱君等。什么叫源远流长?这就叫源远流长。

中饭后睡了一觉起来开会。文学有什么谈头呢?谈了成百上千年了,该谈的都谈尽了;不该谈的,也都谈不出来了。至于网络文学,无非就是载体不同罢了,就像人,穿着不同的衣服,至于内中的部件和器官,都是大差不差。网络文学打着革命的旗帜,其实只是心怀鬼胎,想着占山为王罢了。而兴风作浪过一段时间后,又会风平浪静回归传统。传统就像大海,它是人心和理的积淀。听了几分钟后,我便不再听了,找个幌子与李平易一道跟着杭州作协的王连生去了一个中药基地。这基地是个旅游度假区,山上种着各种药材。整个景区优美异常,尤其是长达数公里的明清一条街,古风古韵,很有味道。年轻的经营者介绍说,这些古民居都是从浙江以及皖南乡下收购来,然后整体搬迁的。他说他以前是学历史的,曾写过关于中国古民居的论文,建这条街,是想把自己的论文实地化。他说中国的古建筑单个来看,没有西洋建筑堂皇壮观,但把它放在自然山水之中,却是优美无比。

这个年轻的经营者姓钱。他自我介绍说是"没钱的钱",而不是"有钱的钱"。这样的解释挺有味道。钱先生还爱好文学,曾写过有关钱归宋的长篇小说,是一个精力无比充沛的人。跟他在一起的三四个小时中,就听他一个劲地介绍情况,气壮如牛、滔滔不绝,没停一分钟。

晚上回到宾馆,疲惫不堪。今天一天算是掉到"钱"眼里去了。我们住的地方叫钱王大酒店,门口的大街叫钱王大街。我们附近的地方叫钱王广场,上午参观的是钱王陵,下午去的地方是姓钱的建造的。那个聪明异常气壮如牛的"少东家"也姓钱,他自己称是钱镠的第三十一代孙。

天目山、湖州

一大堆人马去了天目山。从外面看,天目山倒也平常,但山里面,却别有洞天。天目山的好在于珍稀植物特别多,在于有满山遍野的参天古树。我以前在婺源看到山野村口的大树,就有点激动了,到了天目,才知道自己根本没有见过世面。婺源的树跟天目山的树相比,那绝对是小巫见大巫。天目山的参天古树不是一棵一棵的,而是一群一群的,是一个个树精,它们动不动就有上千年的树龄,动不动就得七八人才能围抱得过来。我看得目瞪口呆、心惊肉跳。在半山间的一个悬崖边,我看到一个树中彭祖,那是一株古老的银杏树,连树干都苍老得有点模糊,但却巍巍峨峨。旁边的一个说明显示,树龄竟有15000年!

桃红梨白菜花黄 | 253

站在这样的大树边上,抚摸着上万年的树干树皮,想想人类自身,我忽然想大声地哭出来。

天目山的菜也好吃。在天目山下的中餐是我们这一行吃得最开心的一次。都是山珍:蕨菜、石笋、山麂、石耳,还有一些叫不出名字的野菜。我们一个个吃得大快朵颐,开心无比。

下午,乘车2小时到达湖州南太湖旅游度假区。对于水,我一向是有亲近愿望的。放下行李迫不及待奔向太湖边。太湖的水不清,但烟波浩渺看不真切,我的眼前一片空蒙。曾有人形容巢湖像大海,这是个不错的比喻,我看太湖也是。太湖就像我在宁波附近看到的大海,不清澈,一片雄浑的博大。

我在太湖边上长长的廊桥上踱步,风挺大,有零星的江鸥不时从我头顶掠过。走了一会,我掏出随身小包里的茶杯,然后坐在太湖边上,呷着乌龙茶。我看了半晌太湖,却看不出个所以然,但我自得其乐,恍惚中变成一个无心无肺的海上船民。

晚餐之后,我们在正对太湖的一座小山上的"哥伦波"咖啡馆喝茶。这座咖啡馆倚山而建,是一座仿西班牙风格的建筑,有客房,也有酒吧。酒店的客房与酒吧都像迷宫似的,很独特,在里面走了一圈,就像走进阿尔莫多瓦的电影。只可惜酒店大堂里弹的是钢琴,而不是吉他,如果是吉他声,味道会更纯正一点。酒吧的外面,是一个露天的吧台,正对着太湖,从这里可以看到不远处太湖的一望无际。但这时是夜晚,不远处的太湖湮没在一片空蒙的黑色之中,不露面容。我们就在露台上呷着茶,湖边的风很大,也很冷,我们仍不肯进到屋子里去,就愿意一边打着哆嗦,一边看着太湖。

这样的感觉,是不是一种自作多情?

湖　州

上午在南太湖度假管委会会议室开会。主持会议的是浙江大学旅游系来此地挂职的主任助理,雍容大度,很有风韵。她不仅仅是博士、教授,而且还是资深美女。这样出色的女子能自现今的政坛与学术界脱颖而出,实属不易。会议的主题是南太湖旅游发展与文学的关系,讨论照例热闹激烈而又不着边际。

中餐是在太湖边一座船形的餐厅上吃的。席间有一盘菜据说是太湖的特产,叫巴鱼,又叫小河豚,味道很是鲜美,尤其是皮,有胶质,吃起来像鳖裙一样。席间跟美女教授闲谈,她说昨天在太湖边上的法严寺参观,寺内的住持连说她有佛缘,还送了她一条开光的手链。她仔细地看了看我,说我也是有佛缘的。我未置可否,我知道自己是庸人一个,只不过有一团和气罢了。

人的面相就是一个"信息场"。心理和面容绝对是紧密相连的,人的心理活动,会表现在脸部,时间长了还会刻在脸部。会感知这种信号的,能从中看出很多东西。这不是唯心,而是唯物,是一种经验,也是一种科学。南怀瑾说人的骨相是可以改变的,而读书是改变相貌气质的最好途径。我认为他说得很有道理。

湖州之行只是匆匆一瞥，所以肯定是写不出什么好东西。更何况关于太湖的文章写得太多，写得一多，必定就滥情，也就虚假了。还不如把美景孕在心里，有朝一日看缘分到了，是不是可以酿出点酒来。

车离湖州，一个人在车上沉思。想起昨天在天目山一座寺院里看到的对联，据说是大名鼎鼎的胡适之写的，非常有趣，上联：有几分证据说几分话；下联：当一天和尚撞一天钟。

胡适之一直是一个清明的人，因为清明，所以他一辈子难得说几句"糊涂"的话。但这副对联，倒颇有点"糊涂"的意味，"糊涂"的背后是大清醒。这样的对联，既实在，也有禅意。"真僧最言家常话"，看样子的确如此。

走马观花美国行

夏威夷

从上海经首尔飞到夏威夷。夏威夷算是一个有意思的地方，虽然是一个旅游地，也靠海边，但不像我曾经到过的泰国芭提雅。夏威夷显得干净健康，我甚至觉得它健康得似乎简单了。

夏威夷也很有意思，街道上随处可见的是如大卡车一样长的林肯房车，原以为那里面都坐着亿万富翁，后来才知道那些巨长的房车只是出租车，而价格竟然与普通出租车差不多。夏威夷街上很少见广告牌，这点不像国内的一些城市，广告牌无处不在，总有点绑架民意的感觉。夏威夷商业的气氛也不浓，好像一直是淡淡的、雅雅的，让人很舒服。这有一种返璞归真的情调。

在国内就听人说"不到美国不知道自己的身材好"，一进美国，就知道此言一点不差。在夏威夷的街头，随时可见那些超过二百斤的大胖子在街头滚动。我在珍珠港纪念堂参观排队时，左右都是一些大胖子，把我们几个东方人围得水泄不通。胖子往往还成对成双，卿卿我我。西方人的胖与东方人的胖有点不一样，东方人的胖感觉还是长出来的，肉与人，还是有联系的；而西方人的胖，让你感觉到那肉似乎都不是长出来的，而是堆出来的，就像捏泥巴一样，胡乱地堆在人的身上。一个人走过来，就像河流中驶过一艘万吨轮似的。这样的情景，不由得让人感叹，怕有朝一日人真的会变成恐龙，因为体积太大，无法在地球上生存。

　　无事在街头看街景，也可以活色生香：比如一个细如竹竿的女子与一个健硕无比的女子手挽着手走过，一个黑无常与白无常相映成趣……人流如色彩缤纷的颜料，如争奇斗艳的珠宝，如奇形怪状的野兽，如千姿百态的热带鱼——这样的解释并没有歧视或贬义，人与热带鱼一样，也应有着品种的。在国内，我们看到的人如同淡水中的鱼一样；而在夏威夷，观人就如同潜入太平洋的水底，那绝对是品种丰富颇为壮观的。

　　从上海到韩国飞行了2小时。在机场，我们待了4小时。从韩国飞到夏威夷，花了8个多小时。北京离夏威夷有18个小时的时差，我们离开首尔时，是20日下午7点钟，而我们到达夏威夷时，却变成了20日上午9点。也就是说，8个小时后，我们从时间上还是回到了昨天，我们在一天中，过了两个20日。虽然地理学曾经把时差和时间解释得清清楚楚，但细细地想起来，我还是一头雾水。时间真是一个奇怪的东西，在这个世界上，我们最搞不懂时间,就像我们搞不懂自己一样。

还在夏威夷

　　下了海之后似乎才感觉到与夏威夷的合而为一。沿着夏威夷海岸线边,似乎都可以是海边浴场,都可以游泳,尤其在华基基一带,浴场就在街道边上,与街道紧密相连。水也好,清澈、碧绿,没有风浪。下午实在是忍不住了,脱了衣服跳入海中,尽情地游了一会,然后便躺在夏威夷的海滩上,将周身涂满沙子,一动不动地晒太阳。夏威夷的阳光火辣辣的,舒适而妥帖。晒了一会之后,因为无事可做,便翻过身子,仔仔细细地瞅着眼前的沙子。这是平生第一次这样近距离长时间地看沙子。原以为沙子都是黄色的,仔细看来,这才知道沙子竟是五颜六色的,并且其中一些沙子竟然圆润、晶莹,像玉一样;也像人,竟然有着面孔、身材,甚至表情,可以像人一样开怀大笑。

　　今天的主要日程是环岛游览。我们参观了大风口、恐龙湾等景点。海边的一切都很漂亮,但最漂亮的,仍是面前的大海。我的目光一直舍不得移到别处。夏威夷的海真是奇怪,不仅仅有绿色,有蓝色,还有黑色、灰色甚至紫色。这样的海真是别处少有啊!知道海子诗"面朝大海,春暖花开"的意思吗?当你面向这样的海时,内心便有一种感觉如花一样开放。

　　晚上,在夏威夷的街头散步,看到一支长长的队伍在排队领饭。这支队伍中的每个人都长得奇形怪状的,就像电影《巴黎圣母院》中的人物似的。但这些人倒是落落大方怡然自得,他们排着队领两菜一汤的份饭。导游介绍说这些都是职业流浪汉,在夏威夷,有很多来自世界各地的流浪汉。他们无事时就可以跑到海里大洗一把,然后晒一通日光浴,饿了就在街头领取一点份饭,晚上露宿在街头不冷也不热。他们一个个干净而斯文。这样的生活真是很惬意。他们哪里是流浪汉呢?分明就是传说中的蓬莱神仙。

旧金山

清晨到了旧金山。从飞机上下来,没有洗漱,就被地陪拉去游览。人不像在走,像在飘。马不停蹄去了奥克兰大桥、渔人码头以及金门大桥等地。旧金山的金门大桥算是一个久负盛名的地方了,它一直令人匪夷所思。这座红色的铁桥巍峨地横亘在大海上,漂亮而神秘,让人惊心动魄。1937年,美国政府决定修建金门大桥,由德国籍建筑学家斯特劳斯担任设计。金门大桥的建设不仅耗去了很多人财物力,也引起了不少争论。斯特劳斯一下子患了忧郁症,1938年的某一天突然从金门大桥上跳了下去。从此之后金门大桥像着了魔似的,变得阴气沉沉,来自世界各地的人纷纷在这里跳海自杀。尤其是阴雨天气的时候,这里雾白如粥,缥缈,恍如冥界,人们会排着队往下跳。这样的传说听起来让人毛骨悚然。当我们到达旧金山时,据说自杀数字已经超过了1306人。不说不知道,一说还真吓人一跳。

惴惴地在金门大桥上行走,风很大。站在桥上往下看,下面是碧绿的大海,不时有轮船从桥墩下驶过,白鸥飞翔,漂亮无比。我们甚至能从桥上看到海水里游动的海狮。导游说旧金山一直是一个生态非常好的地方,他说他经常驾驶自己的快艇,无事时就在城市边上的海里垂钓,一网下去就是螃蟹一堆。上一周他抛下钓竿,竟然钓到一头长七尺的鲨鱼,剁下鱼翅就扔到海里了。这样的事情,听起来让人匪夷所思,这哪里像是二十一世纪的事呢?就像是中世纪的传说似的。

在旧金山,还有一些好地方。比如位于市中心的世界宫,建于二十世纪初,第一届世界博览会就在这里举办。这是一片希腊风格的建筑,旁边是湖泊,非常漂亮,也非常有野趣。在湖里,生长着白天鹅和野鸭,据说湖里还有桌面大的甲鱼经常爬出来晒太阳。这样的故事听起来也像童话。世界宫曾经举办过第一届世博会,在那一届世博会上,中国的茅台酒获得了金奖。据说茅台酒获奖也很偶然,当时中国代表团慌慌张张参加会议,随身带去的茅台酒在会议期间一下子打破了一瓶,结果会议代表全嗅到了这种奇特的酒香,纷纷打听这是什么酒——茅台酒就这样一下子变得出名了。

今天我们还参观了九曲花街、天门公园等等,因为一直乘的是红眼航班,在60个小时中我们只睡了近10个小时,所以一直云里雾里,跟着导游乱跑一气,然后乱拍一气,然后乱扯一气。

好莱坞

好莱坞真是一个好玩的地方,也是最具美国味道的地方,在这里,美国人的轻松愉快表现得淋漓尽致。我们在好莱坞环球影城观看了一场精彩的表演,几个演员表演得活色生香。这是一个露天影剧院,里面的布置全是按《未来水世界》的样子设计的,然后一帮演员在里面打斗,精彩而风趣,那样的感觉,颇有点 NBA 篮球特技队的感觉。不仅如此,整个表演也极具感染力,那些演员不时故意将"海水"溅到看台上,也不时地插科打诨,场上场下,笑声一片。

好莱坞的人长得也漂亮,这比我们刚刚入境时在夏威夷以及旧金山所见到的老外要漂亮很多,大街上随处可见的是各国美女,风姿绰约,招摇过市。白种人与黄种人的美似乎有点不一样,白种人美得炫目,仿佛身体内有灯,能发出光来;而黄种人与之相比,内部没有灯光,却更加精致。

好莱坞最有名气的算是星光大道了。刚进星光大道的十字路口,我们就看到梦露的巨幅画像悬挂在高楼上,性感迷人的微笑倾城倾国数十年。因是下午,行人并不太多。走在星光大道上,即可以看到镶嵌的星形青铜图案,上面镌刻着英文。在星光大道近 5 公里长的人行道上,镶嵌着 2000 多个曾经光照世界的明星的名字。因为时间太紧,我没有寻找到中国人李小龙、成龙与周润发的名字。人行道上到处都是表演的艺人,有的装扮成大片中的人物与人合影收取小费,有的则自顾自地进行表演。两旁还有些著名的建筑物,比如说著名的中国剧院,这座建于二十一世纪初的剧场因为建造者心仪中国文化而得名,建筑也有中国寺院风格,古色古香,堂皇高雅。当然,在星光大道,像鱼一样穿梭的,是来自世界各地的美女,美女们走走停停,满大街争奇斗艳。好莱坞一直是一个寻梦的地方,每年,自世界各地来此寻梦的人络绎不绝,尤其是美女,总是渴望在好莱坞获得成功,但绝大多数人都是美梦成空,一枕黄粱。能够在好莱坞当上影星的,要付出多少灵与肉的代价呢?梦露就是她们的榜样。

傍晚时归来,从好莱坞的富人区比华利山经过,从车里往外看,一排排别墅掩映在一片葱茏之中。据说这里的房价都在1000万美元之上,那的确是一座座金山垒起来的。也真的只有好莱坞那些大牌影星才能住得起。前几年好莱坞有一部电影,是"大嘴"朱丽娅·罗伯茨与休·格兰特演的,说的是一个小人物遇上了一个好莱坞巨星的故事。这样的爱情故事当然只能在电影中出现。贫富相差那么大,哪里还会有爱情呢?

晚上,回到宾馆。想起昨天在旧金山听导游说,美国人真是笨,在学校里,每次数学考试,最后一个交卷的,都是美国人;平时买东西算账,美国人总是拿着一个计算器,没了计算器,他们便再也算不出来了。我不同意这种看法,这怎么算笨呢?充其量只能叫懒，懒得在细枝末节上做文章。美国人既然能把航天飞机和电脑制造出来，就不可能是笨的，他们只不过是不愿意把自己的聪明用到无关紧要的事情上罢了。哪里像我们呢，尽在细枝末节上浪费聪明。

聪明也像钢一样。好钢，一定要用在刀刃上才行。

迪士尼

呵呵，在迪士尼待了一整天。迪士尼真的是只有美国人才能造得出来。美国人富有极强的想象力，敢想敢干没有禁忌，所以能靠想象在这个世界上创造出令人匪夷所思的产品来。迪士尼就是这样，这是一个似乎让人挑不出破绽和毛病的地方。

在迪士尼我们坐了船，船是那种海盗船；坐了车，车是那种以《夺宝奇兵》电影为蓝本、让我们在上面充分体验惊险和刺激的吉普车；我们还享受了天空游，把自己绑在电影院的椅子上，面对太空大屏幕——这样的感觉，就如经历星球大战似的。

美国人为什么那么喜欢海盗的电影呢？那是因为他们身上有着很重的海盗情结，在骨子里，流淌着海盗的血。这种海盗情结概括起来就是富有幻想，敢于冒险，霸道而强悍，等等。美国人喜欢海盗，就如同中国人喜欢武侠。这样的爱好中，往往是暗藏着民族精神的。

下午3点半举行的迪士尼彩车游行无疑是迪士尼的高潮。

人与彩车排列而来,载歌载舞,每个彩车表演的都是一部迪士尼动画片的内容,白雪公主与小矮人、狮子王与辛巴……这样的游行,让迪士尼所有的人笑逐颜开。

回到宾馆,还在想与迪士尼有关的事。中国长达 5000 年的历史,竟然没有一本真正的童话,这不能不说是一件奇怪的事。即使是《西游记》和《聊斋志异》,缺乏的也是真正的童心。中国人一直缺少童心,有的只是精于世故。所以小孩子也一个个如同老人精一样。

拉斯维加斯

美国人把战争打到别人的家园,却把自己的国家建得漂亮异常,赌城拉斯维加斯就是如此。当我沿着著名的拉斯维加斯大道进入市区的时候,我简直是目瞪口呆,就像置身于光怪陆离的未来世界一样。

拉斯维加斯可以说是美国人想象力和创造力的代表作。看看这座城市的历史就知道,它位于洛杉矶东北的大沙漠中,气候干燥,一年都下不了几滴雨。但美国人就是在这里建造了世界上最独特的一个地方,以博彩业给沙漠带来了生机和活力。现在这里光吃角子的老虎机就有 300 多万台,每年有 3000 万人次光临,每年光税收就有 500 亿美元。

威尼斯人大饭店可以算是拉斯维加斯著名的饭店之一。这哪是饭店啊,简直是一座宫殿!从它的规模就可以看出,这个大饭店一天竟可以同时入住6000人!就像一艘硕大无朋的航空母舰。最令人感到惊异的是,在饭店的一楼,还专门建了一条威尼斯水街,有水手载着游客漫游,情到浓处,水手即放声唱起意大利歌剧中的某一段。当然,最令人意想不到的还是水街上空的苍穹,淡蓝色的天空点缀着朵朵白云,黄昏降临一切都富有诗意——这些都是人工制作的,巧夺天工,让人叹为观止。

在一家赌场,我们见到了来自上海的安徽籍的王先生,他所从事的工作,就是在赌场给人发牌。记得以前看过类似介绍,说是当年写小说《伤痕》的上海作者卢新华,最初到美国时,也是在拉斯维加斯赌场干这份工作。王先生言谈之中很是得意,他说每天都有相当可观的小费收入。这是当然的,赢钱的人一高兴,当然会十分大方,给座金山都是可能的。王先生还跟我们说了不少一夜暴富或者丑小鸭变成白天鹅的故事。赌城当然是有很多故事的,每时每刻都有风云变幻。但我对这一类故事总是不太有兴趣,因与果的喧哗和骚动,未免太剧烈了一些,一剧烈,便更觉人生无常了。赌博就像摸彩票,偶然为之还说得过去,要是变成职业,那未免有点本末倒置。

我在赌场看着来来往往的人群,心若止水。我不是说假话,我是真的心若止水。

还在拉斯维加斯

昨晚一直在拉斯维加斯街头转到凌晨才回房间。哪里能睡什么呢？只是小憩了一下，上午便又起来了。按照日程，还得去看恺撒王宫大饭店。这同样也是一座意大利风格的大饭店，里面的装饰与布置不亚于威尼斯人大饭店，最精彩的，莫过于饭店里随便可见的意大利雕像了，据说这些都是从意大利专门请来雕塑家制作的。

出门总有一点花絮，我们的意外在拉斯维加斯发生了——到了机场，因为导游判断上的失误，我们错过登机时间。一番沮丧之后，没奈何只好改签夜里 11 点多的了。这么长的时间如何打发呢？只好掉车回到市区，漫无目的地闲逛，然后又去了金字塔国际酒店。这座非常醒目的大酒店外形设计如同埃及金字塔，里面全是埃及风格的布置。我们在里面一边看一边惊叹，像几只迷了路的鸟一样，呆头呆脑，不时发出一两声啼鸣。

等到实在走不动了，我们来到了拉斯维加斯的中国城。拉斯维加斯的中国城很新，设计得就像是合肥的城隍庙，一派烟火味道。更令人感到幽默的是，中国城的广场上竟然矗立着唐僧师徒取经的雕像，不伦不类的寓意，让人差点失声大笑。

因为实在没事，把这座小小的中国城转了好几个圈。这里的确没有什么东西，有的店卖的可能是当地一些书法家的字画，笔墨低劣,实在不敢恭维。其中有一家音像店,卖着那英什么的CD,价格贵得惊人。转了一圈之后,看看手表,时间还早得很,无奈何只好又回到那家休闲小站里继续打发时间,一边喝着珍珠奶茶一边胡思乱想。没想到这家小店的珍珠奶茶味道特别好,来买珍珠奶茶的人络绎不绝。

晚上8点,早早来到拉斯维加斯的机场,因误过一次机,一帮人进机场的感觉更像是几只惊弓之鸟。拉斯维加斯的机场也很有意思,整个布局像一个大迷宫,人进去之后茫然不知方向。候机大厅也放着一排排博彩机具,看起来像是留给人们最后的扳本机会。资本主义的确是辣手无情啊,在人临走前都要把你剥得精光!

华盛顿

没有想到美国的政治机构竟然建立在一个大花园中。这个名为国家公园的地方绿树成荫,环境优美。国家公园最堂皇的建筑就是国会大厦了,白色大理石建筑巍然屹立,在它的后面,绿草如茵。我们去的时候,正好赶上一群医务工作者在进行"为人类健康"的主题聚会,很多人在草地上搭起的讲台上踊跃演讲,自说自话,自我鼓掌。据说这样的聚会和游行在华盛顿天天都有。在国会大厦门的两旁,是两条林荫大道,一条叫作"独立大道",另外一条叫作"宪法大道"。除了国会大厦和白宫外,国家公园内最引人注目的三个建筑就是华盛顿纪念塔、林肯纪念堂以及杰弗逊纪念堂了。可以看出,华盛顿、林肯以及杰弗逊是美国历史上最让人缅怀的三个总统。华盛顿是国父,是开国元勋;林肯则是避免了美国的分裂,并且废除了黑奴制度;至于托马斯·杰弗逊,他最重要的贡献在于创立了美国的政治制度,规划了一条适合美国的道路。想想这200多年来美国之所以一直平稳发展,很少动乱和起伏,可以说是杰弗逊确定了一种相对合理的政体。也正因为这一点,杰弗逊在美国有着如此崇高的地位。思想,也是有着巨大力量的。

白宫我们没有进去。自"9·11"以后,美国关闭了很多地方,白宫也不再对外开放了。我们只能隔着铁栅栏看着不远处的白宫。与国会大厦相比,白宫太小,也微不足道,它只是一栋毫不起眼的小房子,掩映在一片葱茏的绿色中。

在华盛顿,我们还参观了美国航空航天博物馆、美国国家艺术博物馆等。让我目瞪口呆的是美国国家艺术博物馆,据说这个博物馆的美术作品与法国的罗浮宫以及俄国彼德堡博物馆齐名。我在美国国家博物馆看到了凡·高、高庚等人的作品,这些价值连城的画,就那样随意地悬挂在那里,跟我们毫无距离。我可以零距离靠近它,细细地追究它笔墨的纹理。我还在一个雕塑馆看到了罗丹著名的雕塑《思想者》,因为靠得那样近,我算是真正领略到它的好处了,思想者身上的肌肉绷得那样激烈——也许,思想是有力量的,思想者本身也是力量。我还看到了一尊非常漂亮的雕像,那曾是罗丹的助手和学生卡米尔。看得出来那时在罗丹的心目中,卡米尔就是天使,否则哪有雕像如此纯洁呢!雕像的质地是白色的大理石,一切都冰清玉洁,但这样冰清玉洁的爱情却以悲剧谢幕,爱情折磨着罗丹和卡米尔,最后卡米尔竟然疯了——也许爱情本身就不应该是冰清玉洁的,太纯净的爱情,因为自身出了问题,反而是靠不住的。

在美国国家艺术博物馆,我很难控制住自己的情绪。我从这幅名画前蹿到另一幅名画前,匆忙地想在短时间内把一切纳入眼中。我兴奋得几乎失声尖叫。

我想,在这样的地方工作几年,每天能与这些艺术品相伴,这样的感觉就像生活在天堂一样。

去纽约

从华盛顿开车到纽约,一路上走马观花。中途停靠了马里兰州的巴尔的摩以及费城。

从华盛顿特区到纽约塞车厉害,因为无事可做,便在大脑里回忆与曾经看过的和经过的几个城市有关系的美国大片。以旧金山为发生地的电影有《黄飞鸿》,写的是当年黄飞鸿漂流过海来到旧金山与当地黑帮斗争的故事,李连杰主演。以洛杉矶为发生地的电影有一个大片《洛杉矶危机》,金·贝辛格主演,当年曾经轰动一时。至于拉斯维加斯,两个片子似乎非常有名,一个是《离开拉斯维加斯》,尼古拉斯·凯奇主演,曾经获得过奥斯卡金像奖,一个落魄的作家来到拉斯维加斯,准备在纵欲一番之后自我结束生命,但他遇到了爱情,生命中出现了灿烂的转机……这样的故事总是让人神魂颠倒;另外一个电影也很好看,那就是《艳舞女郎》,讲的是一个学跳舞的姑娘来到拉斯维加斯谋生的故事,她在拉斯维加斯取得了成功,最后又被拉斯维加斯抛弃……至于华盛顿和纽约,似乎就更多了,凡是暗杀美国要人的电影都发生在华盛顿和纽约,比如说《纽约黑帮》《8厘米》以及《纽约大劫案》之类。

想起了鸡尾酒与美国的关系。美国人是很少喝酒的,也不产酒,但美国人发明了一个别国所没有的酒种——鸡尾酒。美国人把中国酒、德国酒、俄国酒、意大利酒等等都倒出来一点,混在一起,说:"这就是美国鸡尾酒,味道如何?"

美国的文化也是这样。美国人把欧洲文化、斯拉夫文化、印第安文化、黑人文化、中国文化、日本文化等各拿来一点,混在一起,说:"这就是美国文化,感觉如何?"

纽 约

我一直找不到关于纽约的感觉。站在洛克菲勒70层高的楼顶上看纽约,纽约就像这个世界上的一个怪物,它灰蒙蒙的,披着钢筋水泥的鳞甲,庞大无双,又生硬无比。有人把纽约的特点归结了很多,但我觉得纽约最大的特点就是深不可测。这样深不可测的家伙是无法描述的。

在纽约,我们坐船游览了自由女神像。这座位于海口处的自由女神塑像是法国送的。想想美国真是幸运,独立战争时的状态就像宋代的水泊梁山,靠着宋公明、吴用等一帮人打江山。华盛顿的处境有点像宋公明,只不过他的境界比宋公明不知要高多少倍,虽然华盛顿没有什么文化,但对于权力地位一点也不贪念。杰弗逊就是当时的吴用,但比吴用又不知高多少档次。值得一提的是杰弗逊建国后又恰巧担任驻法大使,对于法国的政治理念研究得非常透彻,也对法国的政治制度的利弊看得非常清晰。所以他在法国政治制度的基础上进行了改良,创造了美国的政治制度。没有流血,也没有暴动,只是动乱了一番便安静下来。然后,这种看似过家家的政治方式也就被美国人所接受了。这样的事情,想起来也觉得匪夷所思。

在纽约,我还游览了著名的第五大道、时代广场以及华尔街。华尔街在当天似乎有点冷清,人来人往并不太多。一个黑人气壮如牛地推销着什么,声音洪亮,就像在白宫草坪上发表演说一样。美国人真是有表演欲啊,一个个牛哄哄的,仿佛都是总统似的。但街上行人脚步匆匆,几乎没有人驻足听他说什么。除了偶尔看见一些人西装革履,据说是这条街上的金领之外,我实在看不出这条高楼林立的狭窄街道有什么过人之处,但这里就是控制了整个世界的金融命脉。华尔街就像太平洋的马里亚纳海沟一样,是最深最深的地方,能在这个地方游弋的鱼,一定是一条不同凡响的鱼。

晚上,在房间里仔细收拾着行李。这么多天匆忙地赶路,我的大行李箱已经如垃圾筒一样乱得让人不堪忍受了。我一边整理一边自嘲,大约潘多拉的匣子也不过如此吧,一打开,就有光怪陆离的东西呼啦啦飞出。

好山好水好寂寞

多伦多

与美国比起来,加拿大就是一乡村。比如说我们今天所到的多伦多,虽然是加拿大第一大城市,但街上行人稀松,社区之间相隔较远,寂静悠闲,就如同乡村一样。这样的比喻不是贬义,而是褒义。在这样的地方生活起来自然很舒服。当然,这种舒适是对于当地人而言的,对于言语不通者,则是很难受的事情了。

在多伦多,我们游览了市中心街道、市政厅广场。车行在街头的时候,可以看到道路两边有很多枫树。据说加拿大的枫树有506种,这真是一个惊人的数字;加拿大枫叶的红也独特,光红,就有十几种。只不过现在还不是看枫叶的时候,枫叶还没有红,再过两个星期,加拿大就是一片枫叶红了。

车在多伦多市行驶,看到最多的,就是歌剧院了。导游介绍说多伦多共有70多家歌剧院,而且观众一直很多。一些著名剧目在多伦多一演就是好几年,比如说安德鲁·韦伯的百老汇歌剧《猫》,在多伦多竟然连续演了8年,天天都是爆满!我不知道多伦多人为什么会这么喜欢歌剧,是因为他们当中有很多意大利后裔吧;也可能是长期待在加拿大这样清冷的地方,所以特别喜欢歌剧的热闹和元气饱满。

多伦多大学也是一个好去处。这座已有100多年历史的学校看起来的确是不同凡响,校园里有很多老建筑,不动声色,像很多老学究一样伏在那里,底气十足,处变不惊。中国人最熟悉的白求恩就是这所学校的。当然,最著名的,还是这所学校的两位教授因为发明胰岛素获得过诺贝尔奖。我在校园里照了相,也在足球场边坐了一会。足球场上有很多人在踢足球,我一遇到足球就有点走不动路,于是便跟旁边的两只松鼠一样,呆头呆脑看了很久。

跟西方其他学校一样,多伦多大学也没有围墙。西方的大学为什么不建围墙呢?除了治安好之外,我想更主要的在于他们不想用任何一种框框来框住自己吧,包括学术上、学问上、生活上,也包括心理上的。

下午,导游郑先生还带我们在多伦多的一条同志街转了一圈。这是位于市中心附近的一条街道,两边开了很多酒吧。郑先生说加拿大的同性恋者很多,因为同性恋者喜欢来这里的酒吧聚会,所以慢慢这条街就变成同性恋街了。郑先生一边开车一边在车内给我们讲解,他说加拿大同性恋 10 年前还是稀奇的事,现在,已是见怪不怪了。去年有一次同性恋者在多伦多游行,一下子来了 100 万,把政府吓了一大跳。同性恋与离婚一样,似乎也是可以传染的,有着暗示效果。比如美国五十年代的性学家金赛,原先那么一个明朗的人,因为研究性,一下子变成一个同性恋者了。这真是怪事。

因为经常遇到,郑先生说他一眼就能看出谁是同性恋者。郑先生说同性恋者长得跟一般人有点不太一样,不仅仅是气质不一样,长相也不一样。他边开车边指给我们看谁是同性恋者。他看得出来,我看不出来。我真的看不出来。

黄昏时天上突然下起雨来,天一下变得阴冷。我们早早地回了房间。在房间里,想想这么多天的行程,突然有种异样的感觉。我们这几个几乎不懂英文的人,竟然横穿了整个美国,并且在美国待了十天左右。因为听不懂也说不来,我们就像是聋子、哑巴、瞎子一样,只会微笑、点头和摇头,或者来几句简单的单词。失去语言真有点恐慌啊,这样的别扭劲,想起来就感到憋屈。

尼亚加拉大瀑布

早晨乘车往尼亚加拉大瀑布走。途中,去了一个加拿大小镇。这个湖畔小镇真是好,它就紧挨安大略湖边上,漂亮得如同天堂。两边的街道有很多都是十九世纪的建筑,古朴精致,却一点也不显得陈旧。街道不宽,宁静干净,有漂亮别致的马车供游人乘坐。人行道上种满了色彩艳丽的鲜花。两旁的店面也好,卖的都是名牌衣物,时尚而新鲜。走在这样的街道上,连傻瓜也能拍出好照片,随便把镜头对准哪个方向,都是漂亮的景致。

紧挨着小镇的地方,就是安大略湖了。湖水清澈,碧波荡漾,一望无际。水的颜色也有层次,深的地方,是蓝色;稍浅一点的,则是绿色。这样的水亲切而生动。我们在湖边坐了一下。在这个地方,就是什么也不做,就看看水,看看绿地,也心满意足了。我以前读美国作家施笃姆的《茵梦湖》,在作者的笔下,茵梦湖就是天堂了。其实又何止是茵梦湖呢,这样的湖畔小镇,已经足以撂倒所有的游客了。

因是星期天,游玩尼亚加拉大瀑布的人相当多。到了现场,才真正地知道尼亚加拉大瀑布的壮观。我们乘船在大瀑布下面的河面上航行。我们披着雨衣,每当接近大瀑布,我们就会感受到飘落下来的瀑布雨,那"雨"像雾一样,前后左右无所不在,我们周身被打得透湿。在船上,我们兴奋地大叫。能来这样的地方,也算一种幸运吧。

尼亚加拉市也很漂亮,大街上一尘不染。街道两旁有很多电影广告和蜡像馆,布置得如同好莱坞与迪士尼似的。据说加拿大人因为太寂寞,所以特别地爱热闹,每逢大片上映、歌剧上演、蜡像馆开张什么的,稍有一点风吹草动的,加拿大人都会趋之若鹜。导游说与美国人比起来,加拿大人总是面目友善,神情和蔼;不像

桃红梨白菜花黄 | 277

美国佬,一个个牛哄哄的,都像是联邦总统似的。

在尼亚加拉大瀑布边看到一对男女在那里接吻,旁若无人。很奇怪,竟有一种陌生的感觉,仿佛看到的不是人,而是一对鹭鸶似的。

温哥华

与多伦多相比,温哥华街头似乎更冷清一点,行人也更少。下午 4 点钟的时候,在街头的人行道上,已经看不到什么行人了。当地人说温哥华有"三好",那是"好山、好水、好寂寞"。也的确是这样,虽然温哥华有几十万华人,但由于居住分散,所以平日里很难相见。在我看来,虽然温哥华很漂亮也很舒适,但对一个移民来说,要在这样的地方居住,则非得要有几分定力才行。

温哥华的市区倒没什么可看的,既没有高楼大厦,也没有什么花园雕塑。我们在市中心的煤气镇看了看。这个地方比我们昨天所看到的湖边小镇要差很多,唯一可看的,就是那座据说是世界上最早的蒸汽钟了。蒸汽钟是铜铸的,现仍矗立在街道上,每隔一段时间就自动鸣叫一番,也唱国歌,很是吸引了一批游客。街上的一些建筑倒很古老,有一幢古色古香的十几层建筑据说建于 100 多年前,这不由得让我大吃一惊。从建筑学上来说,国外的建筑不知要高过国内多少个层次,100 多年前我们哪里会建高层建筑呢?在这一点上我们落后太多。

温哥华靠内海的斯坦利公园倒是不错,古木参天,绿树成荫。这个公园以加拿大第一任总督斯坦利的名字来命名,一派自然风光。其实加拿大哪里需要建公园的呢,随便找一个地方,修几条路,就可以成为公园了。离斯坦利公园不远,有一座跨海大桥,很是雄伟漂亮,但模样与美国旧金山的金门大桥极为相像。我们到了之后,才知道这座大桥就是那个叫斯特劳斯的建筑家造的。当然,建于金门大桥之前。在这座大桥前照相的时候,很奇怪竟有一只肥肥的果子狸从树林里钻了出来,大摇大摆的,一点也不惧我们这群生人。导游介绍说这个地方有几十只果子狸,经常跑出来跟游人套近乎。加拿大的生态环境如此,真的是让我们叹为观止了。

温哥华的唐人街算是市内最破的地方了。据说先前的唐人街很是热闹,但因为温市政府为了照顾吸毒者的生活,在唐人街的附近办了一个吸毒供给所,由政府出面,出于人道主义的目的专门供给吸毒者毒品,结果弄得整个温哥华的吸毒者都蜂拥而至,把唐人街也弄得乌烟瘴气。我们开车在唐人街附近转了一圈,果然是这样,唐人街里冷冷清清,附近的街头,游荡着大批吸毒者和流浪汉,躺着靠着倚着的都有。我们还在十字街看到一女子,穿超短裙,又老又丑,向行人卖弄着风骚。很明显,这是一个街头拉客的妓女。这样的人也能拉到客吗?——这是我们此次美加之行看到的唯一一个妓女。

我们在温哥华的导游倒有点来历,他姓钱,据他自己说曾当过蒋介石的贴身侍卫,还参加过暗杀江南的事件。谈起中餐,老钱对我们说起在美国开中餐馆的经历。他曾经在美国的凤凰城开了一家中餐馆,因为是以老美为对象,就把中餐尽量做得合乎老美口味,所以他饭店里的中餐味道总是怪里怪气的。间或有中国人去吃,一吃总是大呼上当,老美却吃得津津有味。听他说了一通之后,我们一下子恍然了,明白为什么我们在美国所吃的中餐那样难吃了,且所有地方的中餐馆味道都一样。美国的中餐也是标准化生产啊,而且按照的是美国标准。

我们是多伦多时间早晨 10 点起飞的,沿途飞了 5 个小时,然后到达温哥华。我在飞机上打了一个盹后,一直翻看着随身带的《医者意也》一书。我对中医的兴趣已有很多年了,兴趣点一直集中在中医与中国文化的关系上。我在想的是,由于中国传统文化一直缺乏坚定的理性以及思辨力量,人对自然的认识极容易像脱离轨道的火车一样,偏离或者滑落。这样的偏离和滑落不外乎有两种:一种是模糊,浅尝辄止,满足于表面,很难深入;另一种则是极容易坠入虚悬,把事情弄得云里雾里。

中医以及中国文化的很多方面都是如此。

维多利亚市

呵呵,想想都不服气,加拿大那么大的一个地方,比中国都大,竟然只有3000多万人。我们去的温哥华岛,只比海南小一点,竟然只有50万人。这哪里是一个城市呢?只能算是一个公园。这样人烟稀少的地方,当然会很漂亮。我们所去的布查特公园就是这样。

布查特公园的来历很有点意思,它本是一个开采的矿,因为矿采完了,钱也赚足了,于是便想着把废弃的矿井改造成世界上最美的花园。于是便在这里移植了万种珍奇花卉。我们去的时候,虽然不是花开的旺季,但成千上万种花争奇斗艳——这样的地方,当然是人间仙境了。

我一直对于"道德本身的力量"比较感兴趣。这种"道德本身的力量"会使一个人由于内心的觉悟而变得高尚。布查特似乎也是如此,在温哥华岛赚足了钱之后,他突发奇想兴建了这样一个名列世界前十位的私家花园,把它赠给了基金会,然后自己抽身而退。私有财产一下子变成公共的了。这样的境界,当然是很高的,透彻地明白天命以及个人的宇宙处境之后,人一下变得无私、高尚起来。这样的行为,大约就是一种觉悟吧。这种由强大内心力量推动的行为,就是列夫·托尔斯泰和卢梭最推崇的。

维多利亚市是一个非常漂亮的濒海小港。市中心临海,街上也少行人。在市中心的屋顶上,有一个真人大小的黄金雕塑,那就是温哥华公爵,他当过这里的第一任总督。街头还有好几个雕塑,我问了一下,都是当年这座岛上的总督。历史很短的地方往往格外珍惜历史,不像我们,因为历史一长,往往就是挥霍历史,

桃红梨白菜花黄 | 281

或者不把历史当回事,或者干脆就是篡改历史。历史是经不起折腾的,我们不尊重它的结果就是,历史会把它的丑陋悄悄地返还给我们。

  温哥华的中国人真多。我们乘坐的去温哥华岛的客轮上,那么大的六层客厅里,几乎都是中国人。他们坐在那里叽里呱啦聊天,有的还高叫着打牌。间或只有几个西方面孔,静静地呆坐在那儿,轻声说话或者独自看书。中国人真是一派俗世元气,他们能把生活过得热闹非凡,有滋有味。中国人也许是世界上最会生存的一个民族,也正因为会生存,所以每到一个地方便能生根开花,然后便是看起来和和美美、一片祥和。这样的民族,就像水稻一样,是很适宜在土地上生长的。

推荐几本"妖怪"写的书

看书不必求多,也不必求全,要看,就看最好的,然后把它吃透、消化。对书的选择是一个很重要的过程,甚至说,能不能撞到好书,是人的一个机缘。要读书,就要读那个领域最出类拔萃的,一般性的,可以不读。假如有一天你的案前左右全是最好的书的话,那么,你也会离优秀不远了。

王小波曾经说过一句话:"老宅有鬼,树老成精,任何一本学问的深入研究,都可以让人变成妖怪。"读书,按照我的理解,一定要读那些"妖怪"所写的书,这样,才可能变成一个卓然于世的"妖怪"。

以下随意罗列的,就是我手边所读或重读的一些"妖怪"写的书。

《万古江河》

这两年,相对而言,我更愿意看一些国外学者所撰写的有关中国文化的书籍。在我看来,因为对西方文化的了解,这些学者往往更容易客观地给中国文化加以定位,可以标定中国某个领域在整个人类文明坐标系中的位置。与此同时,由于国外学者有相对自由的学术思想,在他们身上,会比较少有偏见和狭隘,可以用一种更开放的方式和更健康的心态来对待学问和知识。这本《万古江河》就是这样的好书。

许倬云先生是一位学贯中西的大学者。他先后执教于我国的台湾大学和美国匹斯堡大学。可以说,许倬云先生不仅对中国历史和文化非常熟悉,而且也洞晓西方历史,更善于运用现代社会科学的理论和方法来进行研究。这本《万古江河》就是在一种全新的视野下洞察中国历史和文化的变迁,作者对于整个历史达到了了然于胸的程度,纵横捭阖,通透达观,字里行间既有高空鸟瞰式的宏观洞见,又有对具体日常生活细致入微的描摹。

(《万古江河》,许倬云著,上海文艺出版社 2006 年 6 月第 1 版)

《管风琴手记》

我已经向很多人推荐这本音乐随笔了。平心而论,这是我至今为止所读到的有关音乐题材的最好的一本书。我没有想到的是,一个人竟然对音乐如此了解,又会以如此纤细的直觉方式写文章,并且能把音乐描述得如此玄妙。虽然这个人很年轻,是一个标准的 70 后,而且不是学音乐的,而且是个女的,不过她却是一个真正懂音乐的人,懂音乐的内心,也懂音乐的技术和细节,并且懂得怎样用文字将音乐,以及听音乐的感受给表达出来。这真是一个得"道"之人,你不能不惊叹,"生而知之"的人是有的,天生慧根的人是有的。复旦大学教授严锋在评价马慧元的音乐文章时这样说:"她的文字也越来越像管风琴的声音,阳光一样地向我们洒落。"实际上不止严锋,凡是读过这本书的人,都会有如此相同的感受。作者有一个博大而幽默的内心世界,这使得她对于音乐的感受,以及她付诸的文字,是那样的纤细,就像鹅绒在风中自由飘舞的轻盈。在她的笔下,你不能不感到,音乐是那样的妙不可言。上善若水,上音也若水,上文同样也若水。

(《管风琴手记》,马慧元著,新星出版社 2007 年第 1 版)

《昆虫之美》

2007年10月,我参加《十月》在浙江的一个笔会,同房的是重庆诗人李云胜。没想到诗人还是一个资深的昆虫爱好者。当天晚上,我就跟他在慈溪市内的一座公园里拍摄昆虫,听他絮絮叨叨地说了很多昆虫。后来,就收到了他寄来的一本在夏天里出的《昆虫之美》。这真是一本好书,文配彩图,铜版纸印刷得很精美。虽然以前曾读过法布尔的《昆虫记》,但在我看来,这本书甚至比法布尔的《昆虫记》还好。这本书更有文学色彩,语言也更好,图片精美。李元胜一方面是用自己的镜头在发现,发现昆虫身上的美丽和情趣;另外一方面,李元胜又是用心在发现,从昆虫身上,他进入了另外一个世界,就像他自己所说的:"我在空气的光晕中,听到了自己激动的脚步;从草叶的弯曲,发现了自己的呼吸;在扇动的蝶翅上,看到了自己的心跳。"

(《昆虫之美》,李云胜著,重庆大学出版社2007年3月第1版)

《纳尔齐斯与歌尔德蒙》

赫尔曼·黑塞一直是我的最爱。我喜欢的是赫尔塞作品那种温暖、从容与典雅,那是骨子里的一种艺术精神。这种精神,是我们这个时代,以及我们的文学所最缺乏的。在很多时候,我们的文学粗俗不堪,就像一个贴着胸毛的无赖。所以我们一定要看一看赫尔曼·黑塞,看别人是如何在文字、思想以及情怀上下功夫的,是如何在认识和感知世界上调动自己的内心的。《纳尔齐斯与歌尔德蒙》这本书可以说集中了黑塞作品所有的优点,清新而智慧的语言、淡淡的幽默和宗教情怀,人物也极具人类的代表性。在我看来,纳尔齐斯和歌尔德蒙这两类人,在某种程度上更具有的是人类的某种特征。文学,当它可以反映人类共同的精神时,这样的作品,注定就是不朽的了。

(《纳尔齐斯与歌尔德蒙》,赫尔曼·黑塞著,上海译文出版社2007年7月第1版)

《古春风楼琐记》

这一套书共有近20本,副题是讲古往事中国。一看,就是写晚清和民国之中的逸情。作者高拜石,早年毕业于北京平民大学文科,之后一直从事报刊工作,曾当过台湾地区某日报主笔。这数百万字的文字就是高拜石在从事报纸工作的同时,写就的历史札记。高拜石就像是一个烹饪大师一样,在历史这个大菜筐里挑挑拣拣,取出正史和野史中的一些菜料,然后炒了一盘又一盘佳肴。这些文章编在一起,有近20卷之多,也因而形成了《古春风楼琐记》古意盎然的风格。读这样的书一直很有意思,既算正史,也算野史,就像茶余饭后的聊天。想想还是那些旧式新闻人肚子里有学问,一个人,竟然能博古通今,写这么多东西,真是让人感叹。现在的新闻人哪里有这样的学问呢?不是只会吹牛,就是只会跟风,几乎很少有有真才实学的,言语无味,面目可憎。遗憾。

(《古春风楼琐记》,高拜石著,作家出版社 2004 年 1 月版)

《论语别裁》

重新读南怀瑾的《论语别裁》,主要就对当前的"国学热"而言。实际上读《论语别裁》以及南怀瑾的《老子他说》等等,已是十多年前的事了。那时候,可以算是第一轮"国学热"吧,不过好像仅仅限制在精英文化的小圈子当中,因为没有大众传媒的推波助澜。重提《论语别裁》主要是针对于丹的《论语》课而言的。于丹的书我没有仔细看过,读过报纸上的片段,看到那散文诗一样的语言,就没有了兴趣。《论语》要是用散文诗一样的语言说出来,那肯定就离《论语》很远了。"真僧最言家常话",《论语》就应该是家常话,然后在家常话里说出大智慧。这一点,南怀瑾可以说是做到了极致。从某种程度上,南怀瑾就是孔子,他有孔子的心,也有孔子的智慧。反观于丹呢,那只有天知道了。南怀瑾的《论语别裁》比钱穆的好,在南怀瑾面前,钱穆未免太书生气,知识好,境界不够。学问到了一定程度,不是比知识,而是比境界。

(《论语别裁》,南怀瑾著,复旦大学出版社 1994 年第 1 版)

《帝国政界往事》

民间的确是"藏龙卧虎",依我看,曾经做过生意,现在一直混迹于 IT 行业的李亚平对于历史的熟悉和把握,要比那些所谓的历史学家老到得多。历史就像一片森林,而作者就像一个看了一辈子山林的老汉一样,对一草一木熟稔无比,对每一棵树的来龙去脉、形状特点都如数家珍。当然,这样的熟悉只是微观的熟悉,令人感到钦佩的还是作者对世界历史走向的了解。这样的圆通,可能与作者做过生意,又在美国待了很长一段时间有关。当然,最重要的是把历史当作活历史,有对历史人物内心的揣度和了解,"世事洞明皆学问,人情练达即文章"。对于历史学来说,最应该的,就是通透了,只有这样,研究者才能将文字没有记载的东西恰到好处地还原,才能让历史活起来。典籍只是死人的骨架,真正的历史,还得有皮毛和血。只有这样,才能使历史恢复到像现实一样生动,也如现实一样真实。当然,如果现实也是真实的话。

喜欢这本书,还因为这本书的整体风格,不哗众取宠。历史的叙述还是以一种低语的方式比较好。那种互联网的语言,缺乏厚度和智慧,似乎一直不太适合叙述历史。

(《帝国政界往事》,李亚平著,北京出版社 2004 年第 1 版)

《医者意也——认识中医》

我一直觉得一个传统的中国知识分子,对于中医知识,是必须掌握的。这就如同一个知识分子必须具备人文知识一样。实际上对中医明白了,对中国文化也就明白七分了;对中国传统文化明白了,对中医的医理和定位,也就八九不离十了。中医与中国传统文化所处的地位基本相同,它们的"理",是基本一致的。翻过很多本中医书,感觉到这本书的作者,对中医所采取的态度是正确的,对中医也是真正明白的。这本书可以说是"明白人写的明白书"——这一点可以说相当不容易,我们在很多时候所读的书,都是一些"不明白人写的不明白的书"。

(《医者意也——认识中医》,廖育群著,广西师范大学出版社2006年5月第1版)

《博尔赫斯八十忆旧》

很长时间里,博尔赫斯一直给我认识世界的另一种方法,那就是,不是从外部去寻找和认识这个世界,而是深入自己的内心,从内部去打通认识这个世界的羊肠小道。博尔赫斯为我提供了与这个世界相处的另一种可能性,而且,很可能是最重要的一种可能性。博尔赫斯80岁的时候,这个一直生活在思想迷宫的智者的思想状况到底如何呢？这是每个想活得明白的人所感兴趣的。这本书，就是从这样的角度来描述一个智者最后的看法。博尔赫斯说："在我失明之前，我总是在观察和阅读中寻找属于我的一角天地，而今我却只好深入内心来思考问题。"本书还记录了博尔赫斯在美国哥伦比亚大学的一次谈话，在那里的布特勒图书馆，博尔赫斯说："人群是一种幻觉，它并不存在。我是在和你们做个别谈话。"博尔赫斯的言语总是让人有恍然大悟的感觉，他就是那样惊世骇俗，充满了深刻的、动人的沉思和反驳。

（《博尔赫斯八十忆旧》，[美]巴恩斯通编，西川译，作家出版社 2004 年第 1 版）

褒禅山·香泉谷·霸王庙

褒禅山

早知道著名的褒禅山就在含山境内,离合肥不远,但一直没有机会去游历一番。这一次跟着《芜湖晚报》组织的副刊会议,轻松自由行,倒是了却我的一个情结。

我知道褒禅山,当然是因中学课本上王安石的《游褒禅山记》。王安石告诉我们,褒禅山原名叫"花山",后来慧褒禅师在这里建舍定居,死后又葬在这里,所以就改名为褒禅山了。在褒禅山脚下,有一个神秘的洞穴,王安石与四人带上火把进入,愈深愈难,其见愈奇。正感叹间,不知谁说了一句:"再不出去,火就要灭了。"急忙出洞,每一个人都称赞洞中的奇妙。再一了解,所至之处还不到十分之一。于是王安石后悔不已。他告诉人们:"世界上最瑰丽独特的风景,常常在险远的地方。"只有有着坚定意志的人,才能冲破"幽暗昏惑",得到最后的精彩——这个道理,不单单是一个旅游的总结,还是有志者立身行事的通理。

王安石游褒禅山是1054年。在此之前,他担任了4年的舒州通判,相当于现在的副州长或秘书长,州府即现在的潜山县城。告别了舒州之后,王安石先是渡过长江游玩了池州,然后轻舟直下当涂采石。可能是游兴未尽吧,王安石又渡过长江,来到江对面的和州游玩,这才来到了褒禅山。

平心而论,王安石这篇文章写得并不是太好,说教的成分太重,像是最早的"杨朔体",哪里比得上苏轼的《前赤壁赋》呢!不过想想王安石写这篇文章时只有34岁,志向高远,壮怀激越,在这样的情境之下,写出这样的励志文章,也就不足为奇了。

王安石跟苏轼不太一样,他不算是一个纯粹的书生,在政治上,王安石一直是有着野心的,也有相当的能力。在生活上,王安石是有名的"邋遢王",极度不修边幅,经常很长时间不洗脸漱口、不洗澡,衣服上油迹斑斑。王安石生活极不讲究,人却极度自负,甚至可以说是刚愎自用。性格决定命运,王安石的不平和,也决定了他做事容易一意孤行,一厢情愿,最后收不了场。王安石在改革中与苏轼是闹得不愉快的,让苏轼受了很多磨难。王安石和苏轼都是君子,同是君子,并不意味着能走到一起,"气场"不对,一岔气,就很难合作了。

褒禅山山下的华阳洞实在是没有什么东西。我们在里面走了一圈,一点也没看出个名堂。倒是觉得褒禅山还是相当有特色的,林木葱茏,风景清幽,尤其是褒禅山上的树,跟其他地方的不一样,全是从石头中长出来的。成语有"杂花生树"一说,在这里,应该改成"杂树生花",那些乱七八糟的树,就像一朵朵怪异的花一样。尤其是在冬天里,黑黑的,光秃秃的,面目狰狞,像是立体的版画。我很喜欢这种怪怪的感觉。

香泉谷

香泉谷位于和县香泉镇,是一处温泉所在地。据说南朝昭明太子萧统曾在这一带出家,得了一种皮肤病,看到山里有温泉,洗了几次温泉浴,很快就把皮肤病治好了。身体好了,精力也旺盛了,萧统便组织编纂了《昭明文选》,为后人留下了宝贵的文学遗产。如果这个传说的确属实,那么,香泉谷的确为中国文化做出了巨大贡献。《昭明文选》的好在于独特,《文选》30卷,收录的不是先秦至南朝正统文化推崇的"集史经注",而是文学作品,天马行空,男欢女爱。这种编文选的观点,在当时是要有相当胆略的。萧统是太子,只有太子,才敢这么做。

昭明太子是一个贾宝玉似的人物。他不仅长得眉清目秀,而且聪慧无比,读书一目十行,过眼不忘。萧统3岁时就开始学习《孝经》和《论语》,到了5岁的时候,已是遍读儒家"五经",并且将"五经"倒背如流。萧统还很多愁善感。有一次,萧统的母亲丁贵妃生病,萧统便搬回皇宫,朝夕伺候母亲。母亲的病一直不见好,萧统就开始绝食,想以此来打动上苍。吓得梁武帝赶紧给他写信,大意是,身体是革命的本钱,你要是绝食绝出个啥毛病来,不也是对我不孝嘛!萧统这才开始吃点东西,不过每天就喝点稀饭。梁武帝又给他写了封信,说你要饿坏了,你老子我咋办呢?萧统这下才恢复进食。

萧统跟贾宝玉一样,是一个雅人,一个痴人,更是一个男女同体的人。每天,萧统除了自己写书之外,还在府中养了一大堆文人,每天和大家切磋文艺,闲来饮酒作诗。有一次,吃着、喝着、玩着,有人提议,这么好的风光,不如叫几个歌伎舞伎来一起乐乐。萧统没有回答,起身吟诗一首:"何必丝与竹,山水有清音。"大意是,这里有山有水,风光无限,何必要那些声色犬马?这个雅人,把别人羞了个半死。

"水至清则无鱼,人至清则无寿",也难怪萧统死得太早,只有31岁。一个人考虑得太多,心思太密,又太软,那肯定是要大伤元气大折阳寿的。

像贾宝玉、萧统这种底质干净、柔弱善感的人,最容易与佛有不解的渊源了,他们极需从虚空中汲取强大的内心力量,更何况萧统的父亲梁武帝萧衍本身也是佛教徒。萧统遇到佛教之后,感觉自己像鱼一样游入深海,有光从头顶上照下来。从此,萧统开始读佛经,他非常喜欢佛教的寂灭之说,"自从一读《楞严》后,不读天下糟粕书"。萧统是什么时候遭遇香泉谷的呢?想必是跟一帮僧人骚客在一起游玩的时候。萧统在香泉谷里治好了自己的皮肤病,一高兴之下,便欣然题字:天下第一汤。

香泉谷不愧为"天下第一汤"——我们在里面洗的时候,能感觉到水如丝绸一样润滑,又如丝绸一样温暖。我们的身边,有华美的灯光,也有轻音乐,整个浴汤云蒸霞蔚。人在温泉里洗浴,真有点人间仙境的感觉,好像自己把身子晃一晃,摆摆尾巴,就会变成瑶池中的上界神仙。

温泉真是个好东西。也难怪人一蹚入这样的地方,就把家事、国事、天下事,忘得干干净净。在西方,罗马帝国就是在澡堂子里,把打下的那一边江山像一块皂角一样,慢慢地洗没了;在中国,唐玄宗以及杨贵妃也是爱洗澡的,在著名的华清池,大唐那么雄浑的元气也在烟笼水雾中熏成了残花败叶,这同样也是洗浴闹的。想必人一遭遇水,便会变得空灵而干净了,那些尘世中的劳什子,去费力闹心地占有干吗呢?因此也懒得打理了。人,最开始的时候肯定是从水里爬上来的,要不,怎么一见到水,就会变得六神无主呢!

香泉谷附近还有很多景点。西面,是王安石提到的褒禅山和让伍子胥一夜白头的昭关;西北面,是凌家滩遗址,曾经出土了"中华第一玉龙";不远处的和县县城,有刘禹锡的陋室……"山不在高,有仙则名;水不在深,有龙则灵。"香泉谷处于吴楚交界的隙缝中,真是一种幸运。当年,这一带一直是一片战场,在战场的边缘地带,有这样一个情趣之地,真算是天造地设了。

霸王庙

香泉浴后,一觉天明,身轻如燕,便去了南面项羽自杀地的乌江镇。

霸王庙我这已是第二次去了。感觉到霸王庙跟3年前相比,一点也没有什么变化。游人很少,庙宇冷清。享殿中霸王怒发冲冠,一副死不瞑目的样子。《史记》说项羽是"重瞳",意思是说项羽一只眼睛中有两个瞳仁。这是抬举项羽了!按照我的理解,"重瞳"就应该是"老花眼",项羽就是名副其实的老花眼。要不这个粗中无细的家伙怎么不听从范增的意见在鸿门宴上杀了刘邦呢?真不知项羽当时是怎么想的。韩信后来说项羽是"妇人之仁",那是说得好听的,说难听的,项羽就是"老眼昏花"。

垓下一战后,项羽逃到了江边,思前想后,还是选择了自杀。那是他灰心丧气了。项羽知道玩不过刘邦,再回江东,召集人马来,还是玩不过刘邦。刘邦多厉害啊,华夏文明在黄淮一带可谓是根深蒂固,遍地开花。从老子一直到后来的曹操,这一带出了多少"人精"啊,只不过到了三国之后,这里的气韵开始支离破碎,有一点呈颓势。这里的人,看起来一个个不显山不露水,其实,他们都是老子和庄子。看看刘邦的老乡们就可以知道了,肖何、曹参、樊哙等等,看起来一个个"土疙瘩"似的,但他们都有"雄才大略"。只要读过《鸿门宴》的人都知道,世家子弟的项羽才叫一个老实人呢,即使是樊哙这样市井中的杀狗之徒,也能把项羽哄得一愣一愣的。面对这一帮如此的对手,项羽哪能赢得这场战争呢?

王安石那一次游和州,也去了霸王庙。在霸王庙,王安石看了杜牧写的那首著名的《题乌江亭》诗,很不以为然,于是也写了一首:"百战疲劳壮士哀,中原一败势难回。江东子弟今虽在,肯与君王卷土来?"以王安石的认识,项羽的失败在于丧失了民心,百姓也不会支持他了。王安石的看法,显然比杜牧要实际得多。

虽然没有什么可看的,但我仍在霸王庙里转了一圈,然后,又去了附近的碑林。在碑林中,我找到了陈立夫为霸王庙的题字,是《论语》当中的一句话:"求仁得仁又何怨。"实际上对项羽来说,在身后,能赢得一片惋惜,就已经足够了。当年的成功与失败,在很多年后看来,并无区别。况且失败者还会引起人们的同情和共鸣,这似乎更是超过成功者了。

上一次来霸王庙,我就在陈立夫的手迹下留了一张影。这一次,我又一次在下面拍照。物是人非,恍兮惚兮,四年就这样过去了。我是既不成功,也不成仁,只有拍拍照片胡思乱想的份。

离开霸王庙的路上,看到一个署名"霸王文化研究会"的通知。方知晓"霸王"还有研究会,而且还正儿八经地研究文化。真不知道什么叫"霸王文化"。文化主要是静态的,一凶猛,就难见文化了。以华夏文明为例,几乎可以说是一种"静态文明",是在静中求得三昧的。这样的静态是因为华夏文明的生存和自然背景,华夏文明是农耕社会的产物,既然是耕种,就要多少年如一日地守在一个地方,春耕秋收,求天祈雨。这一点不像西方文明,以游牧性质为根基,那是"四海为家",走到哪里是哪里。所以他们的文明相对而言是"动态的文明"。这个事情讲起来就比较复杂了,有很多道理,在文字里绕来绕去,很难走出自己的迷宫。

不写了不写了,就此打住。